知更鸟
系列

Men Explain Things to Me

爱说教的男人

〔美〕丽贝卡·索尔尼特 著　张晨晨 译

人民文学出版社
PEOPLE'S LITERATURE PUBLISHING HOUSE

著作权合同登记号　图字 01-2018-8966

Men Explain Things to Me
by Rebecca Solnit
Copyright：© Rebecca Solnit
This edition arranged with HILL NADELL LITERARY AGENCY
Through BIG APPLE AGENCY，INC.，LABUAN，MALAYSIA.
Simplified Chinese edition copyright：
2020 SHANGHAI 99 READERS' CULTURE CO.，LTD.
All rights reserverd.

图书在版编目(CIP)数据

爱说教的男人/(美)丽贝卡·索尔尼特著;张晨
晨译.—北京:人民文学出版社,2020(2025.4 重印)
(知更鸟系列)
ISBN 978-7-02-015021-2

Ⅰ.①爱… Ⅱ.①丽…②张… Ⅲ.①散文集-美国
-现代 Ⅳ.①I712.65

中国版本图书馆 CIP 数据核字(2019)第 019071 号

责任编辑　卜艳冰　潘爱娟
装帧设计　周安迪

出版发行　**人民文学出版社**
社　　址　**北京市朝内大街 166 号**
邮政编码　**100705**
印　　制　**上海盛通时代印刷有限公司**
经　　销　**全国新华书店等**
字　　数　**62 千字**
开　　本　**787 毫米×1092 毫米　1/32**
印　　张　**5.125**
版　　次　**2020 年 4 月北京第 1 版**
印　　次　**2025 年 4 月第 6 次印刷**
书　　号　**978-7-02-015021-2**
定　　价　**50.00 元**

如有印装质量问题,请与本社图书销售中心调换。电话:010－65233595

目　录

男人向我解释事情（2008）

　　我至今不知道莎莉和我为什么费神去了那个在阿斯彭郊外的森林斜坡上举行的派对。派对上的人都很老，而且出奇无聊，以至于40多岁的我们成了那次活动中的"年轻女士"。房子很不错——如果你喜欢拉夫·劳伦风格的木屋的话——那是一座位于海拔9000英尺的坚固而奢侈的木屋，配有麋鹿角、基利姆花毯和燃木火炉。正当我们打算离开的时候，主人说："别，再等一会嘛，我们可以说两句。"他是一个强势、赚了很多钱的男人。

　　他又让我们等着，直到其他客人都在夏夜中飘散而去，才让我们在他的实木桌前坐下。他说："怎么样，我听说你写过两本书。"

　　我答道："其实是好几本。"

　　他的语气仿佛是在热心鼓动朋友17岁的女儿描述她的长笛练习："关于什么的呢?"

　　那时我已经出版的六七本书其实是关于一些很不同的东西，不过我开始谈论距离2003年那个夏夜最近的一本，《阴影之河：埃德沃德·迈布里奇与科技旧西部》(*River of*

Shadows：Eadweard Muybridge and the Technological Wild West），关于时间和空间的湮灭，以及日常生活的工业化。

在我刚说到迈布里奇时，他就打断了我："你听说了今年刚出的那本非常重要的讲迈布里奇的新书吗"？

因为被强行分配了无知少女的角色，我倒是完全愿意拥抱这样的可能性：另外一本相同主题的书也刚刚出版，而我却不知为何错过了它。他这时已经开始谈论这本非常重要的书了，带着一种我再熟悉不过的自鸣得意的表情：一个滔滔不绝的男人，眼神固定在遥远而模糊的地平线上，那地平线就是他自己的权威。

写到这里，请让我澄清，我的生活中有很多可爱的男人，包括很多从我年轻时起就愿意聆听和鼓励我、出版我的作品的编辑们，我无比慷慨的弟弟，还有其他超棒的朋友——就像《坎特伯雷故事集》中的那个牛津学士。我还记得珀朗先生讲的乔叟课，"他会愉快地教，开心地学"。但是到底还是有其他男人的。所以，"非常重要"先生还在自以为是地谈着我应该听过的书，直到莎莉打断他，或者说试图打断他："那是她的书"。

但他还是接着讲他的。莎莉不得不把那句"那是她的书"说了三四遍，他才终于听进去了。然后，就像19世纪小说里写的那样，他的脸刷的一下白了。我确实是他其实并没读过但非常重要的这本书的作者，他之前只是看了《纽约时报书评》上的评论，这个事实让他的世界里本来清晰的条条框框变得如此让人困惑，他惊讶得无语了——但只是无语了片刻，很快他又开始滔滔不绝了。身为女人，我们为保持礼貌，等到别人听不见我们的时候才破口大笑，再也没有真正停下来。

我喜欢这种小插曲，当平时一些鬼鬼祟祟、难以辨别的力量从草丛中滑出，明显到就像比方说，一条吞下母牛的蟒蛇，或者地毯上的大象屎。

沉默的滑坡

没错，男人和女人都可能会在某些活动中大谈特谈一些无关紧要的事情和阴谋论，但在我的经验中，那种彻头彻尾的对抗性自信和完全的无知是有性别特征的。男人向我和其他的女人解释事情，不管他们是否知道他们在谈论什么。一部分男人。

每个女人都知道我在说什么。这是一种让任何女人在任何领域都时常遭遇更多困难的假定；它让女人不敢说出自己的声音，或者当她们敢说的时候却无法被人听到；就像街头的性骚扰一样，它向女人暗示"这不是她们的世界"，从而让年轻女人陷入沉默。它训练了我们的自我怀疑和自我限制，同时助长了男人毫无支撑的过度自信。

如果说没能听见那位最早发出了关于基地组织的警告的 FBI 女探员——科林·罗利（Coleen Rowley）——的声音，在一定程度上影响了美国 2001 年以来的政治轨迹，我不会太惊讶。反正，一个听不进任何话——比如伊拉克和基地组织没有联系也没有大规模杀伤性武器，或者战争不会是"小菜一碟"——的布什政府肯定塑造了我们的政治轨迹（即便是男专家的声音也不能穿透他们自以为是的堡垒）。

自负也许和那场战争有关，但这个症候群是几乎每个女人每天都要面对的一场战争，也是她内心的战争，是相信她自己的多余，是沉默的邀约。即使一个相当不错的作家职业（以及正确应用很多的研究和事实）也没能将我从这场战争中完全解放出来。毕竟，有那么一瞬间，我摇摇欲坠的确定感几乎愿意在"非常重要"先生和他的过度自信面前缴械投降。

别忘了，我已经比大多数女人对自己思考和言说的权利有更多的确认，而且我也知道一定程度的自我怀疑是改进、理解、倾听和进步的良好工具。但过度的怀疑会让人失去行动力，而盲目自信则会制造自负的傻瓜，就像 2001

年以来统治我们的那些人一样。在两种性别被分别推向的两极之间有个快乐的中间点，一个给予与索取之间的温暖的赤道带，我们都应该在那里碰面。

比方说，比我们的处境更加极端的版本出现在一些中东国家。在那里，女人的证词没有法律效力，因此一个女人无法在没有男性目击者的情况下向法庭证实自己被一个男人犯强奸。极少有男性目击者。

可信度是一种基本的生存工具。当我还很年轻，刚刚开始知道什么是女权主义和为什么需要女权主义的时候，我有个男朋友的叔叔是核物理学家。某一年的圣诞节，他用一种谈论轻松娱乐主题的口气讲述，在他们制造炸弹的郊区社区，一个邻居的妻子如何在深更半夜全裸着跑出家门大叫着她丈夫要杀她。我问，你怎么知道他不是真的要杀她呢？他耐心地解释说，他们都是值得尊重的中产阶级。所以，"她的丈夫试图杀她"根本就不是她冲出家门高喊着她丈夫要杀她这件事的可信理由。而"她疯了"却是……

即使要得到法庭的限制令 ① （Restraining Order）——一种相当新的法律手段——你也需要拥有可信度来说服法

---

① 在我国称为人身安全保护令，与人身保护令不同。——如无特殊说明以下皆为译者注

庭某位男性对自己构成人身威胁之后，警方才能执行。而且，限制令大多数时候都不管用。暴力是一种使人沉默的方式，否定她们的声音和她们的可信度，宣称你拥有支配她们的生存权的权力。在这个国家（美国），每天大约有3个女人被她们的配偶或前配偶杀害，这也是孕妇死亡的主要原因之一。女权主义从法律上将强奸、约会强奸、婚内强奸、家庭暴力和工作场所性骚扰界定为犯罪的斗争，其核心是我们必须让女人的声音变得可信、能够被听见。

我倾向于相信，只有当这些行为被严肃对待的时候，当那些阻挠我们、杀死我们的重大事件从1970年代中期（我出生很长时间以后）开始被纳入法律框架的时候，女人才真正获得人的地位。如果任何人想辩解说工作场所性骚扰并不是一件生死大事，请记住当时只有20岁的海军准下士玛丽亚·劳特巴赫（Maria Lauterbach），就在她等待去为她的上级军官强奸她的案子做证的时候，她被那个强奸犯在一个冬夜杀害。后来人们在他的后院火坑中发现了她被烧焦的、已有身孕的遗体。

无论一场对话有多微不足道，当有人直截了当地宣称"他毫无疑问知道他在谈论什么而她不知道"时，这种行为将维持这个世界的丑陋，遮蔽其光亮。《漫游癖：行走的历史》（Wanderlust）于2000年出版后，我发现我更有能力抵制由于自己的观念和诠释而遭遇霸凌这件事了。有两次，我抗议一个男人的行为，却被告知我说的事情根本没发生，说我太主观，妄想、大惊小怪、不诚实——一言以蔽之，太女人。

在人生中的大多数时候，我都会怀疑自己，会退缩。历史作家这个公共角色帮助了我坚定立场，可是只有很少的女人能得到这样的鼓舞，在这个有60多亿人口的地球上，一定有数10亿女人被告知，她们不是她们自己生活的可靠的见证人，真理现在和过去都从未在她们这一边。这远远超出了"男人对我说教"的范畴，但是它们都属于同一个自负的岛屿①。

男人，仍然，在对我说教。从来没有男人因为向我错误地解释了我知道而他不知道的事情道歉过。现在还没有，不过根据精算表，我大概还有40多年好活，所以将来也许会有。不过我并不会屏住呼吸期待。

在两条战线上作战的女人

遇到阿斯彭的那个蠢货几年之后，我在柏林做一个演

---

① 原文为群岛。

讲。马克思主义作家塔里克·阿里（Tariq Ali）邀请我和一位男性作家兼翻译家，还有 3 个稍比我年轻的女人共进晚餐。这 3 个年轻女性后来就餐时一直保持恭敬，大多数时候沉默。塔里克很棒。而那位翻译家大概对我坚持在谈话中发挥适度的角色这件事很不满。当我提到一个成立于 1961 年，非同寻常却又鲜为人知的反核反战组织"女性为和平罢工"①（Women Strike for Peace）如何促进了众议院非美活动调查委员会（HUAC）②的废除时，"非常重要"先生二号开始讥笑我。他坚持说 HUAC 在 1960 年代初根本不存在，也没有任何女性组织在其倒台的过程中发挥过作用。他的鄙夷是那么尖刻，他的自信那么有侵略性，和他争论看起来将会是可怕的体验和徒劳的尝试，那只会带来更多的羞辱。

我想那时我已经出了 9 本书，其中有一本就引用了"女性为和平罢工"组织的一手资料和采访。但是爱解释

---

① 女性为和平罢工（Women Strike for Peace），是美国 1961 年成立的女性和平运动组织。1961 年，正值冷战高峰期，大约 5 万名女性在美国的 60 座城市举行了游行反对核战。

② 众议院非美活动调查委员会（The House Un-American Activities Committee）是美国众议院的调查委员会，设立于 1938 年，最初的职能是调查涉嫌与法西斯主义和共产主义活动有关的公民、公职人员和组织机构。冷战时期，它以调查与共产主义活动有关的嫌疑人员著称。1969 年，改名为"众议院内部安全委员会"（House Committee on Internal Security），1975 年该机构被废除。

的男人仍然通过一种隐晦、有受孕意味的隐喻，假定我是一个需要用他们的智慧和知识填满的花瓶。一个弗洛伊德主义者大概会提到他们拥有而我缺乏的东西，但是智慧并不长在你的裆部——即使你能用你的鸡鸡在雪中写出弗吉尼亚·伍尔夫那些探讨女人微妙的隶属状态的流畅、悦耳的长句子。回到酒店房间后我谷歌了一下，找到了埃里克·本特利① 关于众议院非美活动调查委员会的权威著作，其中提到"女性为和平罢工"为"HUAC 的最终倒台作出了致命的一击"。

后来我在《国家》(Nation) 杂志的那篇文章（关于简·雅各布斯②、贝蒂·弗里丹③ 和蕾切尔·卡森④）就以这段经历开头，部分地是为了朝那些更令人讨厌的、曾经用说教的口吻对我说话的男人们隔空喊话："哥们儿，如

---

① 埃里克·本特利（Eric Bentley，1916—   ），美国戏剧批评家、翻译家、剧作家、戏剧导演。

② 简·雅各布斯（Jane Jacobs，1916—2006），加拿大籍美国记者、作家，以其对城市规划研究的影响知名，代表作是《美国大城市的死与生》。

③ 贝蒂·弗里丹（Betty Friedan，1921—2006），美国作家、编辑，著有《女性的奥秘》，曾参与创立并领导美国全国妇女组织（NOW），1970 年横跨全美的女性大罢工是她在这一组织的谢幕之作。

④ 蕾切尔·卡森（Rachel Carson，1907—1964），美国海洋生物学家，其著作《寂静的春天》引发了美国乃至全世界对环境保护事业的关注和重视。

果你在读这篇文章，你是人性之脸上的痈疮，文明的障碍。感到可耻吧。"

与那些爱说教的男人斗争，已经践踏了很多女人——我这一代，我们万分需要的新一代，在这里，在巴基斯坦，在玻利维亚，在爪哇岛。更不要提千千万万先于我出生的那些女性，不被允许进入实验室、图书馆，不允许谈话，不允许革命，甚至不被包括在这个叫做"人类"的范畴内的女性。

毕竟，"女性为和平罢工"是由那些厌倦了泡咖啡或者当打字员的女人、那些不想在1950年代反核运动中没有任何话语权和决策权的女人建立的。大多数女人在两条战线上作战：一条是她们各自的领域；另一条，仅仅是为了说话的权利、拥有观点的权利、被认可她们也拥有事实和真理的权利、有价值的权利和做一个人的权利。情况比过去好些了，但是在我有生之年这场战争都不会结束。我还在战斗，为了我自己，也为了那些有话要说的年轻女性们，希望她们能够说出来。

后记

2008年3月的一个晚上，和我经常做的那样，我在晚餐时开玩笑，说我打算写一篇文章叫做《男人向我解释事情》（ *Men Explain Things to Me* ）。每个作家都有一个从未放到跑马场上去的写作点子的"马圈"。我有时候会把这匹小马牵出来遛遛，纯粹出于好玩。我的客人——杰出的理论家和活动家玛丽娜·斯特林——坚持要我一定要写出来，因为她妹妹山姆那样的人需要读到。她说，年轻女性需要知道被轻视并不是因为她们自己隐秘的失败，而是因为无聊又古老的性别战争——我们中的绝大多数在某个时刻都经历过。

第二天一早，我坐下来一口气写了出来。当文字组合起来如此之快，那么显然它已经在我未意识到的头脑深处自我撰写了很久。它想要被写出来；它为了赛马的跑道一直不眠不休；我刚在电脑前坐下的时候它就立刻疾驰起来。因为那段时间玛丽娜起得比我晚，我就拿这篇文章充当早餐，然后当天就发给了"汤姆快讯"网站（Tomdispatch）的汤姆·英格尔哈特，他很快将其发到了网上。文章传播得很快，像汤姆网站上的其他文章一样，并且一直不断地被转发、转载、分享、评论。它比我以前写的所有东西都要火。

它拨动了一根弦。一根神经。那些神经被拨动的男人开始攻击我的人格、我的经历、我的主张，还有"什么样的人会去阿斯彭的时髦派对"（对此，简短的回答是，一个在公路旅行中去阿斯彭拜访莎莉的旧金山人）。而且，他们还攻击这样的可能性：运动场并没有被修成一个漂亮的平地，所以弹珠并不会滚过去①。有些人好像还觉得，他们可以通过霸凌和羞辱让别人来赞美场地无与伦比的平整（有些人甚至进入了"男性权利角"，在那里，男人是唯一重要的受害者）。我时常觉得网上的评论区就像一种酸浴，能把所有不是钢铁铸成的声音溶解掉，大部分时候我不会理会。但是这篇文章的评论，比如那些随之而来的邮件和对话，因为指向一些更大的趋势而有趣，所以我披好盔甲，冒一把险。

有些男人解释说，男人向女人解释事情并不是一种性别现象。然而又有女人指出，通过坚持他们不把女人自述的真实经历当真的权利，男人又在成功地以上文描述的方式进行说教了。（坦白说，我确实相信女人也会以一种居高临下的口吻对男人和其他人解释事情。但是这并不代表巨大的权力差异，后者会以比这个可怕得多的形式出现，也不代表我们的社会中性别发挥作用的广泛模式。）

其他男人表示懂了，没问题。毕竟在我们的时代，男

---

① 运动场不平所以弹珠才会滚来滚去，作者指代权力的天平会倒向一边。

性女权主义者已经颇有存在感，女权主义也比以前任何时候都更有趣。不过，也不是每个人都觉得有趣。2008年，我在"汤姆快讯"网站上收到了一个年纪较大的男人给我发的邮件，他住在印第安纳波利斯。他告诉我，他从来没有"在个人或者职业层面上轻视过一个女人"，然后开始责备我没有"和正常的男人多交流，或者至少先做好功课"。他还给了我一些如何生活的建议，评论了我的"自卑感"。他认为感觉低人一等是女人自愿选择的体验，女人也可以选择不体验——所以都是我的错。

有一个叫"男学者向我解释事情"（Academic Men Explain Things to Me）的网站出现了，许许多多在大学就读或任教的女性分享了她们被轻视、被无视、被打断和其他诸如此类的故事。文章发表后不久，"男式说教"（Mansplaining）这个词也被造了出来，有时还归功于我。其实这个词并不是我创造的，虽然我的文章，以及所有将这个词具象化的男性，为其诞生提供了灵感。（我对这个词本身有些疑问，所以自己并不常用。我觉得它好像在强调男人的解释本身有错，而不是说，有些男人爱解释他们不该解释的，却听不到他们该听的。如果在原文中还不够清楚的话，我很乐意人们向我解释他们知道、我感兴趣却不知道的事情。只有当他们向我解释我清楚他们不清楚的事情时，对话才变得有问题。）到 2012 年，"男式说教"
这个词——《纽约时报》2010 年年度词汇之一——已经开
始在主流政治新闻中被使用了。

　　唉，那是因为这个词和我们这个时代颇为吻合。2012
年 8 月，"汤姆快讯"网站重发了《男人向我解释事情》
那篇。碰巧的是，几乎就在同一天，众议院议员托德·阿
金 ① 发表了他关于堕胎的著名声明，他宣称被强奸的女人
无需堕胎，因为"如果是真的强奸，女性身体自有其办法
关闭一整套功能"。那个选举季充斥着保守派男性维护强
奸、反对事实的疯狂声明，夹杂着女权主义者们对为什么
需要女权主义以及这些人为什么可怕的解释。我很高兴能
成为那场对话中的一个声音。这篇文章又重新火了一次。

　　被拨动的弦和神经：这篇文章在继续传播，仍然有很
多人发推文、转贴和链接。其重点绝不是暗示我觉得我
有特别地被压迫，而是指出这些谈话就像楔子的薄边，为
男人开启、却为女人关闭说话的空间、被听见的空间、拥
有权利的空间、参与的空间、被尊重的空间、作为完整和
自由的人的空间。在礼貌的交谈中，这是一种表达权力的
方式，这种权力和那些在不礼貌的交谈以及身体威胁和暴

---

① 托德·阿金（Todd Akin, 1947—　　），美国密苏里州前共和党国
　会议员，因涉及堕胎和弱化对强奸的定义的言论备受舆论指责。

力中的权力是同一种。同样的权力还表达于我们的世界如何组织，如何噤声、抹去和湮灭女人：作为平等者、参与者、拥有权利的人，甚至很多时候作为生命。

这场斗争还在继续，为了女人被当作拥有生命权、自由和文化与政治事务参与权的人。有时候这斗争相当严峻。当我写这篇文章的时候自己都很惊讶，它以一个好笑的生活故事开头，以强奸和谋杀结尾。这让我很清楚，这个连续集从微小的社交烦恼一直延伸到暴力的噤声与死亡。（我觉得如果我们将权力的滥用看作一个整体，而不是将家暴和强奸、谋杀，还有那些蔓延于网络、家庭和工作场所和街头的骚扰与威胁分离开来，我们会对厌女和针对女性的暴力有更好的理解。放在一起看，模式很清楚。）

拥有到场和说话的权利是生存、尊严与自由的基本条件。让我非常感激的是，在经历过早年那些有时因为屈从于暴力的被迫沉默之后，我成长为一个可以发声的人。这让我将永远站在不能发声的人那一边。

最漫长的战争（2013）

在美国，每6.2分钟有一起强奸报告，每5名女性中就会有一名在她的一生中遭遇过强奸。2012年12月16日，德里公交车上发生的强奸与残忍谋杀，在这里仍然被当作一个罕见的个例。斯托本维尔①高中足球队的队员们集体性侵一名失去意识的少女的案子现在还在调查中，轮奸在这个国家也并不少见。看看这些：德克萨斯州克利夫兰，有20多名男子参与轮奸了一名11岁女孩，其中若干人最近才被送进监狱；2012年秋天，加利福尼亚州里士满，参与轮奸一名16岁女孩的主犯们也锒铛入狱；新奥尔良，4个轮奸了一名15岁少女的男人在4月份入狱；同一年的芝加哥，6个轮奸了一名14岁女孩的男人仍然在逃。我并没有特地去搜这些案件：新闻里到处都是，然而却没有人把它们整理出来，指出这里面其实可能存在一种模式。

但是，确实有一种针对女性的暴力模式，广泛、深

———————————

① 斯托本维尔（Steubenville），美国俄亥俄州杰斐逊县的县治所在。

刻、可怖，却又不断地被忽略。偶尔，一个涉及明星的案子或者某个披露哗众取宠的细节的案子会得到特别多的关注，但是这些事情却都被当作特例。而那些在这个国家、其他国家，以及在所有的包括南极洲在内的大陆上发生的无数针对女人的暴力事件，都成了新闻里的壁纸。

不说轮奸了，说说公交车强奸案吧，某年11月，有一名患有成长发育障碍的女性在洛杉矶的一辆公交车上被强奸；今年冬天，加州奥克兰的区域捷运系统，一名患有自闭症的16岁少女被绑架——在之后的两天时间内被绑架者多次强奸；墨西哥城的一辆公交车上，有多名妇女被轮奸。就在我写下这些的时候，我还读到，在印度又有另外一名女性公交车乘客被公交车司机和他的5个朋友绑架并整夜轮奸。这群人一定觉得德里最近发生的事儿很棒吧。

这个国家、这个地球上的女性遭遇的强奸与暴力事件罄竹难书。可几乎从来没有被当作一个民权或人权问题，或被当成一场危机，甚至也从未被当作一种模式。暴力没有种族、阶级、宗教或国籍，但是它有性别。

我想强调一点：虽然在这些犯罪中几乎所有的施暴者都是男性，但这并不意味着所有的男人都是暴力的。绝大多数不是。而且男人显然也是暴力的牺牲品，这种暴力主要来自其他男性。每一种暴力导致的死亡、每一次袭击都是可怕的。女人也可以是亲密关系暴力中的施暴者，不过最近的研究表明这些行为很少导致严重身体伤害，更不用说死亡了。另一方面，被伴侣杀害的男人主要是死于女人的自卫，而亲密关系中的暴力却将很多女人送进了医院和坟墓。我们讨论的主题是无处不在的、男人对女人施行的暴力，这种暴力既存在于亲密关系中，也存在于陌生人之间。

当我们不谈论性别的时候我们不谈论什么

实在太多了。我们可以谈论 2012 年 9 月曼哈顿中央公园发生的一起攻击并强奸一名 73 岁女性的事件；或者路易斯安那州最近发生的一起强奸案，受害者是 4 岁孩童和 83 岁老人；或者 2012 年 10 月份被逮捕的纽约市警察，他制定了详尽的计划意图绑架、强奸并煮食一名女子，随便哪个女人都行，因为他的仇恨不是针对特定的某个人（但是 11 月份那个真的杀死、烹煮了自己妻子的圣地亚哥男子的仇恨是个人性的，同样的情况也包括 2005 年那个杀害、肢解、烹煮了自己女友的新奥尔良男人）。

这都是一些极端的罪行，但我们也可以谈论更常见的罪行，因为虽然在这个国家每 6.2 分钟就有一起强奸报案，但据估计真实数字可能是报案数字的 5 倍。这意味着，在美国，可能每一分钟都会发生一起强奸。你认识的女人中可能有相当多是幸存者。

我们还可以谈论高中和大学里的运动员强奸，或校园强奸。很多情况下，高校负责人都可耻地睁一只眼闭一只眼，包括斯托本维尔高中、圣母大学、阿默斯特学院 ①，以及很多其他学校。我们还可以谈论美国军队里愈演愈烈的强奸、性侵和性骚扰。据前国防部长莱昂·帕内塔 ② 估测，仅仅 2010 年一年，美国军队中就发生了大约 19000 起性侵，而且其中绝大多数施暴者都逃脱了惩罚。不过，四星上将杰弗里·辛克莱于今年 9 月因为"针对女人的多起性犯罪"被起诉 ③。

且不说工作场所的性暴力，我们先回到家庭内部。被伴侣或前伴侣杀害的谋杀案每年超过 1000 起，这意味着每 3 年的死亡人数就会超过"9·11"的伤亡数字，但是从没有人对这样一种恐怖主义宣战。（换句话讲，从"9·11"事件发生到 2012 年，有 11766 名受害者死于家

---

① 阿默斯特学院（Amherst College），位于美国马萨诸塞州，是麻省第三古老的高等教育机构，也是全美排名最高的文理学院之一。

② 莱昂·帕内塔（Leon Panetta, 1938—　），美国第 23 任国防部长，前任中央情报局局长。

③ 根据 2014 年媒体报道，陆军准将杰弗里·辛克莱（Jeffrey Sinclair）被指控通奸、虐待被其性侵害女性后，受到军事法庭审判，并在认罪后被罚款 20000 美元，3 个月之后其被降两级，提前退休。

暴，这超过"9·11"当天遇难者的人数和在"反恐战争"中牺牲的美国士兵的人数的总和。）如果我们谈论这些罪行，谈论它们为什么如此常见，我们就必须谈论这个社会、这个国家和几乎每一个国家需要什么样的深刻变革。如果我们谈论这些，我们就得谈论"男性气概"、男性角色，或者父权社会。但我们却很少谈起。

相反，我们听到的是美国男人发起自杀式杀人（murder-suicide）——每周大概有 12 起——是因为经济形势不好，虽然经济形势好的时候他们也会这么干。或者那些印度男人杀害公交车乘客，是因为穷人憎恨富人，印度其他的强奸事件是因为富人剥削穷人。然后还有那些永远流行的解释：精神问题，醉酒——如果是运动员的话，理由就是头部损伤。最新的一个理论是，铅暴露是很多暴力犯罪背后的原因，只不过男女都同样经受铅暴露，但大多数的暴力罪行却是由同一个性别的人犯下的。人们总是用性别以外的因素来解释暴力的流行，其他随便什么因素，却对最宽泛、最显而易见的那个特征视而不见。

有人写了一篇文章，说白人男性是在美国发起大型枪击案的主要人群，（大多数不友好的）评论者好像只注意到了"白人"这部分。其实很少有人如这项医学研究这样把这一点直截了当地说出来，虽然是用一种极为刻板的语言："若干研究表明，性别为男是暴力犯罪行为的危险因子之一，其他因素还包括在胎儿阶段暴露在烟草烟雾的环境里，以及拥有反社会型的父母和成长于贫穷家庭。"

我并不是非要对男人吹毛求疵。我只是觉得，如果我们能注意到，整体而言，女人的暴力倾向和男人相比要远远弱得多，也许就可以更有效地探讨暴力来自哪里，如何应对。显然，在美国容易获取枪支是一个大问题，但尽管任何人都可以轻易获得枪支，90% 的杀人犯都是男性。

这个特征像白昼一样清晰。这也是一个全球性问题：看看开罗解放广场上针对女性层出不穷的性侵、性骚扰和强奸，这些行为把他们在阿拉伯之春中歌颂的自由夺走，还使得另外一些男人不得不组建防卫队来对抗恶行；看看印度妇女公开和私下里遭受的迫害，从"夏娃的挑逗"①到焚妻①；还有南亚和中东的"名誉谋杀"②；南非已经成为全球强奸之都，去年估测发生了 600000 起强奸案；还有

---

① "夏娃的挑逗"（Eve teasing）为在南亚广泛使用的俚语，指公共场所针对女人的性骚扰与猥亵行为。焚妻（Bride-burning），又称索奁焚妻，是发生于印度、巴基斯坦、孟加拉国等地的谋杀罪行，多起源于嫁妆（索奁）纠纷，谋杀手法则是烧死妻子并伪装成自焚或厨房意外。

② "名誉谋杀"（honor killings）是指家族成员（一般为男性家族成员）以维护家族名声为理由杀害女性家庭成员。被杀害的原因如被强奸、被怀疑通奸、拒绝被指定的婚姻等。

马里、苏丹、刚果、前南斯拉夫，在这些地方强奸被当作一种战术和战争的"武器"；再看看遍布墨西哥的数不胜数的强奸与性骚扰，以及华雷斯城的杀女（femicide）罪行 [①]；还有被剥夺了基本权利的沙特阿拉伯女性以及那里发生的无数性侵移民家政女工的案例；再看看多米尼克·施特劳斯-卡恩（Dominique Strauss-Kahn）在美国受审如何暴露了他和其他人在法国拥有的免责特权。仅仅是因为篇幅所限，我才不再提英国、加拿大、意大利（该国的前总理以召集有未成年女孩参加的性派对著称）、阿根廷、澳大利亚，以及很多很多其他的国家。

谁有杀死你的权利？

不过也许你已经厌倦了统计数字，我们还是来谈一下我所在的城市最近发生的一起具体事件吧，那是 2013 年 1 月，当时我正在为这篇文章搜集资料。这只是诸多被本地新闻曝光的男人袭击女人的事件之一：

---

① 此处指的是墨西哥边境城市华雷斯城（Ciudad Juárez）臭名昭著的女性谋杀案（feminicide），从 1993 年开始该地区针对女性的谋杀就层出不穷，截止到 2005 年，被谋杀的女性数量已经超过 370 人。

警方发言人今日称，周一深夜一名女子走在旧金山田德隆街区时被一名男子捅伤。警方发言人阿尔比·埃斯帕沙介绍，这位 33 岁的受害者当时走在街上，一个陌生人接近她并向她调情，遭其拒绝后，该男子十分恼怒，扇了受害者一个耳光并用刀捅了她的胳膊。

换个角度说，在这个男人的眼中当时的情境是这样的：他选定的受害者没有任何权利和自由，而他拥有控制、惩罚她的权利。这提醒我们，暴力首先是一种独裁。它基于这样一种前提：我有权控制你。

谋杀是这种独裁最极端的形式。通过谋杀，杀人犯声张他拥有决定他人生死的权利，这是控制他人的终极手段。即使对方是"顺从"的情况下也仍然可能如此，因为控制的欲望来自顺从本身无法消解的一种愤怒。不管这种行为的背后是何种恐惧，何种意义上的脆弱，它都同时来自一种自以为应得的权利，一种将苦痛甚至死亡加诸他人的权利。这让作恶之人和受害者都经受痛苦。

至于发生在我生活的城市里的这件事，类似的事情一直都在发生。当我年轻时，这种事的不同版本也曾发生在我自己身上，有时涉及死亡威胁，更多时候表现为污言秽语的谩骂：一个男人接近一个女人，既带着欲望，也带着一种欲望可能会被拒绝的愤怒预感。狂怒与欲望相互勾结，交织成一种随时可能将厄洛斯/爱欲（eros）转换成桑那托斯/死亡（thanatos）的威胁①。将爱化为死亡，有时候就是字面上的意思。

这是一个控制体系。这就是为什么很多亲密关系谋杀的受害者，都是敢于和她们的伴侣分手的女人。这个体系禁锢了很多女人。虽然你可以说，1月7日田德隆街区的那个袭击者，1月5日我居住的街区那个残暴的强奸未遂者，1月12日在同一个地方行凶的另一个强奸者，还有1月6日因为他的女友不肯为他洗衣而将意欲烧死她的另一名旧金山居民，或者2011年旧金山那个因为手段极其残忍的多起强奸罪行而被判入狱370年的男子——你也许可以说他们都是边缘人物，然而富有、有名、拥有特权的男人们也不例外。

2012年9月，旧金山的日本副领事因虐待和使用致命武器殴打配偶被起诉，其被指控犯有12项重罪。同一个月，同一座城市，梅森·梅耶尔（雅虎前CEO梅丽

---

① 在古罗马石棺上，死神桑那托斯（Thanatos）的形象与爱神厄洛斯（Eros）十分相近。弗洛伊德以厄洛斯比喻人的生存本能，桑那托斯喻人的死亡本能。

莎·梅耶尔的弟弟）的前女友在法庭作证："他撕掉我的耳环，扯掉我的睫毛，冲我脸上吐口水，对我说我有多么不讨人喜爱……我当时蜷缩在地上，在我试图移动的时候，他用双膝紧紧地夹住我，继续掴我巴掌。"据新闻报道，她还作证说"梅耶尔不断摁住她的头砸向地板，一把一把地拔掉她的头发，对她说她活着离开这间公寓的唯一方法，就是他开车载她去金门大桥，然后'要么你跳下去，要么我把你推下去'。"梅森后来获得假释。

去年夏天，一名已经与妻子分居的丈夫不顾法庭的限制令（人身安全保护令），在妻子工作的位于密尔沃基郊区的温泉疗养地射杀了她，还杀害或击伤了其他6个女人。但因为这个国家一年里发生了那么多骇人听闻的屠杀，而这起犯罪事件只制造了区区4具尸体，所以并未得到太多媒体关注。（我们还没真正地谈论这个事实，过去30年里美国发生的62起大型枪击案中，只有一起案件凶手是女人，因为当你说"独狼枪手"的时候，每个人的关注点都是"独狼"和"枪"，而不是男人 [1]——对了，将近三分之二的被枪杀的女人是被她们的伴侣或前伴侣所杀。）

---

[1] 原文为"lone gunman"。枪手"Gunman"一词由"gun"（枪支）和"man"（男人）组成。

"与爱何干?"蒂娜·特纳问道 ①。她的前夫艾克·特纳曾经说:"没错,我打了她,但是我并没有比任何一个普通男人打他的妻子打得更厉害。"在这个国家,每9秒钟就有一个女人被打。划重点:不是9分钟,而是9秒钟。家暴是美国女人致伤的首要原因。根据美国疾病预防与控制中心的数据,每年有200万女性因家暴受伤,其中超过50万需要医疗救助,大约145000人需要入院治疗。这还不算事后需要的牙医诊疗。在美国,伴侣也是孕妇最首要的致死原因。

尼古拉斯·D.克里斯托弗 ② 是为数不多的经常为这件事发声的专家之一。他写道:"和癌症、疟疾、战争以及交通事故所有这些因素加起来相比,全世界15岁到44岁之间的女性更有可能因为男性暴力而致死或致残。"

我们世界之间的裂痕

强奸和其他暴力行为,包括谋杀和暴力威胁,就像一

---

① 蒂娜·特纳(Tina Turner, 1958—),著名瑞士籍美国歌手。《与爱何干》(*What love got to do with it*)是美国导演布莱恩·吉布森根据她的自传《我,蒂娜》拍摄的电影。她的前夫艾克·特纳曾为摇滚界领军人物。
② 尼古拉斯·D.克里斯托弗(Nicholas D. Kristof, 1959—),美国作家,新闻评论员,两度获普利策奖。

些男人试图控制一些女人时发动的炮火掩护。而对这种暴力的恐惧限制了大多数女人，她们对这种限制习惯到自己也意识不到的程度——我们对此也几乎闭口不谈。也有一些例外：去年夏天，有人写信给我讲述在大学的一节课上，老师给学生提的问题是他们做什么来保护自己不被强奸。女生们纷纷描述了她们时刻保持警觉的种种周密的方法：包括限制她们探索这个世界的范围，保持谨慎，然后，从根本上无时无刻对自己被强奸的可能保持警觉（他还写道，班级里的男生则听得瞠目结舌）。在那一刻，我们世界的裂痕突然变得清晰可见了。

但是大多数时候我们并不谈论它。不过最近在网上流行一篇题为《避免强奸的十个小窍门》的帖子——年轻女人们再熟悉不过的主题，但这组建议却有个颠覆性反转。这些小贴士包括，"随身带一支口哨！如果你在担心你可能会'不小心'强奸别人的话，可以把口哨交给和你在一起的人，这样 Ta 就可以及时求救了"。虽然搞笑，这个帖子却揭示了一些可怕的东西：那些通常的建议总是把防止强奸的全部责任放在潜在的受害者身上，把暴力当成默认的前提。不然你说说看，为什么大学里总是花更多的时间告诉女人如何逃离色狼之手，而不是告诉另一半学生如何不要成为色狼。

性侵的威胁如今在网上也十分常见。2011 年年底，英国专栏作家劳利·佩妮（Laurie Penny）写道：

> 观点大概就是网上的超短裙。如果你有自己的观点，还要到处张扬，就会吸引一大群各式各样的键盘侠——几乎全是男性——来告诉你，他们想要强奸你、杀掉你、在你脸上尿尿。这周在收到一组特别恶劣的恐吓信息后，我决定将这些消息中的一小部分公之于众，后来收到了激烈的反馈。很多人觉得这样的仇恨难以置信，还有更多人开始分享他们自己受到的骚扰、恐吓与攻击。

在互联网电玩社区里，女性被侵扰、威胁，乃至被逐出。媒体评论家阿妮塔·萨基森（Anita Sarkeesian）报道了这些事情，她的作品得到了支持；但同时，用一名记者的话来说，她也收到了"又一波极具侵略性的、狂暴的个人威胁。有人试图黑她的账户，还有一名安大略男子做了一个在线电游，让玩家可以在屏幕上殴打阿妮塔的图像。如果你殴打她多次，她的身上还会出现淤青和伤痕"。这些电游玩家和那些在去年 10 月试图谋杀 14 岁的马拉拉·尤萨夫扎伊 [①] 的塔利班男人之间只是程度上的区别。后者是因为马拉拉为巴基斯坦女性争取受教育的权利而企图杀害她。两者都是因为女人主张有自己的声音、权力和参与的权利而试图让她们静音，惩罚她们。欢迎来到"男人斯坦"（Manistan）。

保护强奸犯权利的政党

暴力并不仅仅存在于公共场所、私人空间和网络上，它还深嵌在我们的政治体系与法律体制之中。在女权主义者为我们抗争之前，我们的法律体制并不承认绝大多数的家庭暴力、性骚扰、跟踪、约会强奸、熟人强奸和婚内强奸，强奸案中还经常审判受害者而不是施暴者，好像只有完美的女佣才会被侵犯——或者可以被相信。

正如我们在 2012 年大选中看到的，暴力还存在于我们的政客的头脑中和嘴里。记住去年夏天和秋天某些共和党人接二连三为强奸辩护的说辞。最开始是托德·阿金臭名昭著的"女人在遭遇强奸之后有特定的身体机制阻止怀孕"，他这个声明是为了否定女人控制自己身体的权利。

---

① 2014 年，17 岁的马拉拉·尤萨夫扎伊获得诺贝尔和平奖，成为诺贝尔奖历史上最年轻的获奖人。

之后，当然了，参议院候选人理查德·默多克（Richard Mourdock）又声称强奸带来的怀孕是"上帝的礼物"，很快又有另外一名共和党政客为阿金的观点高调辩护。

可喜的是，2012年大选中公开维护强奸的5名共和党候选人都未获成功。（斯蒂芬·科拜尔警告过他们，女人早在1920年就获得选举权了哦。）但是这不仅仅是关于他们的垃圾言论（以及他们为之付出的代价）。共和党国会议员还拒绝重新授权《反针对妇女暴力法》①，因为他们反对这部法律为移民、跨性别女性和原住民女性提供的保护。（说起强奸的盛行，原住民女性中每3名就有1名被强奸。在印第安人居留地，88%的强奸施暴者都是非原住民男性，因为他们知道居留地政府无法起诉他们。）

他们还在试图挖空生育权——避孕和堕胎，过去的十几年来他们已经在很多州成功了。所谓"生育权"，指的当然是女人控制自己身体的权利。我之前不是说过针对女人的暴力其实是关于控制？

---

① 《反针对妇女暴力法》（Violence Against Women Act of 1994）为美国一部联邦法律，2011年时效到期。2012年，该法因为共和党国会议员的反对未能得到重新授权。经过两院多次立法拉锯战，该法最终在2013年获得重新授权通过。

虽然这个国家对强奸案的调查经常马马虎虎——全国有 400000 份强奸证据未经实验室检验，成为警局的积压卷宗——可是在美国的 31 个州，导致受害者怀孕的强奸犯对该子女拥有监护权。噢对了，前副总统候选人和现任国会议员保罗·瑞安（瑞-男人斯坦）在重新提议一项法案，该法案将赋予州政府禁止堕胎的权利，甚至可能允许强奸犯起诉堕胎的受害者。

所有那些不该责备的事

当然，女人也有能力做各种令人不快的事情，也会犯下暴力罪行。但是所谓的两性之间的战争，当涉及实际的暴力时是严重失衡的。国际货币基金组织的现任（女性）负责人，不会像前任（男性）负责人那样在高级酒店性侵酒店雇员；美国军队的女性高级将领，不会像她们的男性同侪被指控性侵；年轻的女运动员们，大概不会像斯托本维尔的男性足球队员那样对着失去意识的男孩撒尿，更不要说强奸他们、还要发到 Youtube 视频网站和推特上炫耀了。

在印度，从没有女公交车乘客集结起来轮奸男乘客并将其殴打致死；在开罗的解放广场也没有四处劫掠的女人们让男人担惊受怕。有11%的强奸来自父亲或继父，但是母方完全没有出现同等的情况。全美的监狱中，93.5%的囚犯不是女人。虽然有很多人从最开始就不该被投进监狱，但是那些犯下暴力罪行的也许的确应该被关起来，直到我们想到更好的办法来对待暴力，和他们。

没有哪个知名女歌星将她带回家的年轻男人一枪爆头，而菲尔·斯佩克特①这么干了。（他显然是因为拉娜·克拉克森拒绝了他的求爱而杀害了她，现在他成了那93.5%中的一个。）没有哪个动作片女星因为家暴被起诉，因为安吉丽娜·朱莉不会做梅尔·吉普赛和史蒂夫·麦奎因做过的事。也没有哪个广受赞誉的女导演给13岁的孩子嗑药然后性侵她，即使她一直在说"不"，但是罗曼·波兰斯基这么干了。

为了纪念乔蒂·辛格（Jyoti Singh）

"男子气概"到底怎么了？需要探讨的是男性气质如

---

① 菲尔·斯佩克特（Phil Spector，1939—　），美国音乐制作人和作曲家，是1960年代女子音乐组合声音风格的开拓者，2003年枪杀演员拉娜·克拉克森（Lana Clarkson），于2009年正式获刑19年至无期徒刑。

何被想象、被赞美和鼓励，暴力如何在一代又一代的男孩中传递。世界上有可爱、精彩的男性，在这一轮针对女性的战争中，十分鼓舞人心的一部分正是有许多男性能理解到这也是他们的问题，能为我们站出来，和我们站在一起，无论是在日常生活中、网络上，还是今年冬天从新德里到旧金山爆发的游行中。

越来越多的男人在成为我们的同盟——一直都有。善良与温柔没有性别，同理心也没有。家庭暴力的统计数字与几十年前相比已经低了很多（虽然仍然高得吓人），也有很多男人在创造关于男性气质与权力的新观念和新理想。

过去的几十年里，同性恋男性一直公开地重新定义，间或削弱传统意义上的男子气概，他们也一直是女性重要的盟友。妇女解放经常被描绘成一种试图侵害或夺取男人的权力与特权的运动，仿佛它是一种阴暗的零和游戏。但是我们要么都自由，要么都是奴隶。那些认为自己需要赢、需要支配、需要惩罚、需要至高无上的统治的人，他们的心态是可怖且远远称不上自由的，放弃这种无法实现的追求才是一种解放。

我宁愿写很多别的问题，但是这件事会影响其他所有的事。一半人类的生命仍然在为这种普遍的暴力所纠缠、消耗，甚至毁灭。试想一下，如果我们不是这么忙于生存下来的话，我们将会有多得多的时间和精力来关注其他重要的事。可以这样想：我认识的最棒的记者之一，夜间不敢在我们的街区行走。她应该为此放弃晚下班吗？有多少女人因为类似的原因不得不中止她们的工作，或者她们的工作被别人中止？现在很清楚的是，网上无处不在的骚扰也让很多女人不再大胆发声，或者干脆完全不评论。

地球上最激动人心的新政治运动之一是加拿大的原住民权利运动"不再袖手旁观"（Idle no more），这项运动除了支持原住民权利（indigenous rights）之外，也具有女性主义和环境主义的意涵。2012年12月27日，这项运动发起之后没几天，安大略省的桑德贝，一名原住民女性被绑架、强奸、殴打，然后被抛在路边等死，攻击她的男人声称自己行凶是针对"不再袖手旁观"运动的报复。之后，她在酷寒中行走了整整4个小时，活下来，得以讲述她的遭遇。那个威胁说还会再次作恶的行凶者依然在逃。

德里公交车上的奸杀案——23岁的受害人乔蒂·辛格当时在学习理疗，以便在完善自己的同时帮助他人，而对她的那位男性旅伴（得以幸存）的攻击触动了我们一百年来、一千年来，甚至五千年来一直需要的社会反应。希望她之于全世界的女人——和男人，就如同1955年被白人至上主义者杀害的爱默特·提尔 ①（Emmett Till）之于非裔美国人和当时新生的美国民权运动一样。

在这个国家，每年有远超 87000 起强奸发生，但是每一起都被一如既往地描绘成一起孤立事件。这些圆点是如此密集，就像泼溅的水渍消融成一整片污渍。可是很少有人连结圆点，或者给这片污渍命名。在印度有人这么做了。他们说，这是一个公民权问题、人权问题，是每个人的问题。它不是孤立的，它再也不会是可以接受的。它必须改变。改变它是你的工作，我的工作，我们的工作。

① 爱默特·提尔（Emmett Louis Till，1941—1955），是一名非裔美国人，他在访问密西西比的亲属时与一名 21 岁的白人女卡洛琳·布莱恩特进行了交谈，后被卡洛琳的丈夫及其异父母兄弟起绑架并被杀害。一切起源于卡洛琳声称提尔调戏并强迫她的谎言。经法庭审判后，两凶手被无罪释放。

一个豪华套间里世界的碰撞：

关于IMF，全球性不公，

和火车上的陌生人的思考

　　我该如何讲述一个我们都再熟悉不过的故事？她的名字是非洲，他的名字是法国。他殖民了她，剥削了她，令她沉默。即使在故事早已应该结束的几十年后，他依然在许多地方以高压手段干涉她的事务，比如科特迪瓦：她得到这个名字是因为她出口的产品，而不是因为自己的身份认同。

　　她的名字是亚洲，他的名字是欧洲。她的名字是沉默，他拥有权力。她的名字是贫穷，他的是财富。她的名字是她的，可是什么是她的？他的名字是他的，他假定所有的东西都是他的，包括她。他以为他可以拿走她，无需询问亦无需承担后果。这是个非常古老的故事，虽然最近几十年来它的结局有一些微小的改变。这一次，他的行为的后果在摇撼众多根基，而这些根基清楚地需要摇撼。

　　谁还能写出一个像我们的现实这般如此明显、如此严酷的寓言呢？国际货币基金组织（IMF），一个导致大规模贫穷与经济不公的全球性组织，其拥有非凡权力的总裁被指控在纽约一家酒店的奢侈套间中性侵了一名酒店女佣，她是一个来自非洲的移民。

世界在这里碰撞。在早前的时代里，她的世界在他的世界面前不值一提，她可能不会起诉，警察可能不会跟进，更不会在最后一刻将多米尼克·施特劳斯-卡恩从即将飞往巴黎的飞机上拉下来。但是她这么做了，他们这么做了，现在他在拘留候审，欧洲经济受到了冲击，法国政坛天翻地覆，国家在震颤中寻找灵魂。

当那些男人不顾所有揭示他恶行的情节与证据，决定给他这独一无二的权力地位的时候，他们在想什么？而当他认定他能毫发无伤地搞定这一切时，又在想什么？一个自述在 2002 年被他性侵的女子直到今天才公开指控——当时，她的政客母亲说服了她，同时她也担心公开指控会影响自己的记者职业（而她的妈妈显然更担心他的事业）。

据《卫报》报道，这些故事也"给皮洛斯卡·娜吉（Piroska Nagy）的指控增添了砝码。她是一位匈牙利出生的经济学家，称当她在 IMF 工作的时候，该组织总裁持续的骚扰让她觉得她毫无选择，只得在 2008 年 1 月达沃斯世界经济论坛召开期间同意和他上床。她还指控他坚持不懈地以咨询加纳经济问题（她的专长）为由给她打电话和发邮件，然后使用性语言约她出去"。

在一些版本中，施特劳斯-卡恩被控在纽约酒店性侵的女子来自加纳。在另外一些版本中，她是来自几内亚的一名穆斯林。《加纳——IMF 的囚徒》是一向走温和路线的 BBC 在 2001 年报道此事选用的头条标题。这篇报道记录了 IMF 的政策如何摧毁了这个稻米种植国的食品安全，如何让该国开放进口价格低廉的美国大米，令该国大多数国民陷入极端贫困。所有东西都变成了必须要付钱的商品，从使用厕所到打一桶清水，而很多人无力支付。如果她真的是一名 IMF 政策造成的加纳难民，那这个故事也许会过于完美。另一方面，多亏了大型石油资源的被发现，几内亚已经将自己从 IMF 的控制中解脱出来，但它仍然是一个腐败严重、经济不均衡的国家。

为北方国家拉皮条[①]

演化生物学家曾经爱用这样一条格言："个体发育概括系统发育"，或者说，一个个体胚胎的发育过程重复了其物种的演进过程。这一起性侵指控的个体发生学反映了

---

① 北方国家（Global North），即南北分歧（North-south Divide）中的北营，是一个政治和社会经济上的概念。一般指发达国家或过去所说的"第一世界"，包括美国、加拿大、欧盟、澳大利亚、新西兰，还有亚洲的经济发达地区，如日本、韩国、以色列、等等。下文中出现的"南方国家"（Global South）则指发展中国家或第三世界。

国际货币基金的系统发生学吗？毕竟，这个组织的建立是二战后期恶名昭彰的布莱顿森林会议的一部分，会议的宗旨就是在全世界推行美国的经济模式。

IMF 本来应该成为一个帮助国家发展的贷款机构，但是到 1980 年代，它已经成了一个有特定意识形态——自由贸易与自由市场原教旨主义——的组织机构。利用贷款，IMF 获得了影响南方国家经济与政策的巨大权力。

但是，如果说整个 1990 年代 IMF 的权力都在增长，21 世纪以来，由于大众对其代表的经济政策和这些政策带来的经济崩溃的有效抵抗，IMF 的权力却有所削弱。2008 年，这个组织不得不出售黄金储备，重新改造使命。施特劳斯-卡恩被任命来拯救它的残骸。

她的名字是非洲，他的名字是 IMF。他的政策令她饱受掠夺，缺乏医疗卫生，忍饥挨饿。他糟蹋她来为他的朋友们带来财富。她的名字是南方国家，他的名字是华盛顿共识。但是他的连胜渐渐到了尽头，她的星星正在升起。

正是 IMF 创造的经济条件在 2001 年摧毁了阿根廷经济，正是对 IMF（和其他新自由主义势力）的反抗造就了过去十年拉丁美洲的新生。无论你如何看待乌戈·查韦斯（Hugo Chavez），正是来自石油资源丰富的委内瑞拉的贷款使得阿根廷能够尽快偿清 IMF 的债务，进而为自己制定更明智的经济政策①。

IMF 是一种掠食性的力量，打开发展中国家，使其对来自富裕北方国家和强有力的跨国公司的经济掠夺开放。它曾是一个皮条客，也许它仍然是。但是自从 1999 年西雅图反对大公司的游行引发了一场全球性运动，反抗它的力量自此再也没有消失。这些力量已经在拉美取得了胜利，改变了所有未来经济论争的框架，丰富了我们关于经济模式和可能性的想象。

今天，IMF 乱成一团，世界贸易组织在很大程度上被挤出权力中心之外，NAFTA（北美自由贸易协议）几乎受到了普遍的痛斥，美洲自由贸易区被取消（不过双边自由贸易协议继续有效），而世界上的大多数地方都从这十年的经济政策速成班学到了很多。

火车上的陌生人

《纽约时报》这样报道："当施特劳斯-卡恩先生的困境传到他的祖国，其他人，包括一些媒体人，开始揭露一些他们形容为尘封已久或匿名的故事，即施特劳斯-卡恩先生此前针对女人的掠食性行为，还有他对这些女性——

---

① 作者完成该书是在 2014 年，无法预料到 2018 年委内瑞拉会爆发严重的经济和社会危机。

从学生、记者到他的下属——咄咄逼人的追求。"

换句话说,他创造了一种对女人来说不舒服或者说危险的氛围,如果说他在一个小型办公室工作的话也许是另一回事。但是这个控制着世界命运的一部分的男人显然把他的精力用在了在自己身边制造恐惧、痛苦和不公正上面,这件事大概很能说明我们世界的现状,以及那些容忍了他的行为和其他类似行为的国家和机构的价值观。

美国近来并不缺乏性丑闻,它们散发着同样的傲慢的恶臭,但是至少是合意的(据我们所知)。IMF总裁被控性侵。如果这个名称让你困惑,忽略"性"这个字,只看"侵",那是暴力,拒绝把一个人当成人对待,拒绝尊重最根本的人权:身体完整性与人身安全的权利。"人的权利"是法国大革命最伟大的短语之一,但是这个表述是否包括女人的权利,一直都是个问题 ①。

美国有千万种缺陷,但是我很骄傲的是美国警方相信了那个女人,她将有机会出庭。这一次,我很高兴我不在一个这样的国家:在那里一个权力人物的事业或者一个国

---

① 法国大革命期间法国国民议会通过了著名的《人权和公民权宣言》(*Déclaration des droits de l'homme et du citoyen de* 1789),其中"homme"一词既可以指男人,也可以泛指人。在当时的语境中,女人其实无法享有宣言中的公民和政治权利。1791 年,法国女权主义者和废奴主义者 Olympe de Gouges 针锋相对地写了《女人的权利和女性公民权宣言》(*Déclaration des droits de la femme et de la citoyenne*)。1793 年她因为反对雅各宾专政被送上断头台。

际组织的命运比这个女人的权利与福利更重要。这就是民主的含义：每个人都有自己的声音，没有人可以仅仅因为TA 的财富、权力、种族或性别而逃过惩罚。

在施特劳斯-卡恩据称裸身走出那个酒店浴室的两天前，纽约有一场大游行。游行主题是"让华尔街付钱"（Make Wall Street Pay），工会工人、激进人士、失业者和其他很多人——共 20000 人，聚集在一起抗议这个国家的经济掠夺，这种侵犯给许多人带来了苦难与剥夺，为一小撮人带来了卑鄙的财富。（那是 2011 年 9 月 17 日占领华尔街运动开始前的最后一次大型活动，后者毫无疑问有更大的影响力。）

我参加了这场游行。结束后，在乘坐拥挤的地铁返回布鲁克林的路上，我的 3 位女性同伴中最年轻的那位，臀部被一个大约和斯特拉斯-卡恩年纪相仿的男人咸猪手。开始她以为他只是不小心撞到了她，但随后她感到有人在用手窝成杯状托起她的屁股。正如年轻女生经常做的那样，她开始犹豫不决地悄悄和我商量，就像这件事其实或许并没发生，或者可能不是个大问题一样。

终于，她瞪了他一眼，开口让他住手。这让我想起，当我作为一个贫穷的 17 岁女孩客居巴黎的时候，也曾经被一个猥琐的老头抓屁股。那可能是我在法国——当时是一个遍地都是臭流氓的国家——最"美国"的时刻。说这个行为很"美国"的原因在于，当时我手里拿着3个柚子，对当时的储蓄拮据的我来说可是一次很珍贵的采购，我当时就把柚子像扔棒球一样一个接一个扔向那个变态，看着他在夜色中仓皇而逃，十分满意。

他的行为，和其他太多针对女人的性暴力一样，毫无疑问应该是一个提醒：这个世界不是我的，我的权利——我的自由、平等、博爱 ①，如果你愿意的话——并不重要，除非我让他在水果的弹幕中仓皇而逃。而多米尼克·施特劳斯-卡恩被从飞机上拽下来面对正义的拷问。但是，我的朋友在从一场关于正义的游行回去的路上遭遇性骚扰这件事，仍然让我们很清楚，还有太多的事要做。

穷人挨饿，富人食言

上周爆发的性丑闻之所以特别能激起回响，是因为被控的侵犯者和受害者反映了更大的世界图景，从 IMF 对穷人的侵犯开始。这种侵犯是我们时代的阶级战争的一部分，在这场战争中，富人和他们在政府中的代理人竭力扩

---

① 原文为法语"liberté，egalité，sororité"，其中"博爱"一词并未使用惯常的说法"fraternité"，词源意义为兄弟情，而是使用了"sororité"，指 sisterhood 或姐妹情。

大他们的股份，代价是包括我们在内的其他人。贫穷的发展中国家最先付出代价，但是现在剩下的我们也在付出代价，因为右翼经济学以私有化、自由市场和减税的名义打击工会、教育系统、环境以及所有帮助穷人、残疾人和老人的项目，那些政策和它们带来的苦痛正在回到这片土地上扎根。

在我们这个时代颇为惹人注目的一个道歉中，比尔·克林顿——曾几何时他也有自己的性丑闻——在2008年10月的世界食品日（当时世界经济正在崩溃）在联合国发言说：

> 我们需要世界银行、国际货币基金组织、所有大的基金会和所有政府承认，三十年来，我们搞砸了，包括我自己做总统的时候。我们曾相信食品就像国际贸易中的其他产品一样，我们错了。我们都应该回到一种更负责任、可持续性的农业形式。

他去年的发言甚至更加直率：

> 自1981年以来，美国的政策一直都是我们这些产出大量食品的富裕国家应该把食品卖到穷国，让他

们从自己生产食品的负担中解脱出来，那样的话，谢天谢地，他们就能直接跃进到工业时代了。直到去年左右我们才开始重新思考这个政策。它不管用。它可能会对阿肯色州我的一些农民有好处①，但是这个政策没有奏效。它是个错误，一个我也参与其中的错误。我并不是针对任何人。我也犯了错。现在，我活着的每一天都需要面对这样的后果，因为我自己做的事，海地失去了生产能够养活国民的稻米的能力。

克林顿的坦白与美联储前主席艾伦·格林斯潘2008年的坦承是同一级别的：后者承认自己的经济政策的前提是错的。过去的政策，以及IMF、世界银行和自由贸易原教旨主义者的政策带来了贫困、苦痛、饥饿与死亡。我们认识到，从所有反对自由市场原教旨主义的人被蔑称为"地球是平的信仰者，贸易保护主义工会分子和渴望回到60年代的雅痞们"那一天开始，我们中的大多数和这个世界已经经历了深刻的变化。这些致命的词句来自托马斯·弗里德曼②，但他后来也反悔了。

---

① 克林顿来自阿肯色州。
② 托马斯·弗里德曼（Thomas Friedman，1953—　），美国政治评论家，专栏作家，三度获普利策奖，代表作有《世界是平的》。

去年毁灭性的海地大地震之后发生了一件非同寻常的事：施特劳斯-卡恩领导下的 IMF 打算利用这个国家的脆弱强迫他们以一贯的条件接受新的贷款。这个计划注定会让这个已经因为新自由主义政策（对此克林顿有迟来的道歉）深受重创的国家更加债务缠身，活动家们因此行动起来。IMF 先是视而不见，继而退让，最后取消了海地对 IMF 的债务。这是知情的行动主义一次引人注目的胜利。

无权者的权力

与其说一个酒店女佣看起来可能会终结世界上最有权力的人之一的职业生涯，毋宁说是他自己会因为无视这名工人的权利与人格而给自己的职业生涯画上句号。同样的故事还发生在梅格·惠特曼（Meg Whitman）身上。这位 eBay 网前总裁、亿万富翁去年竞选加州州长。她通过攻击无证移民加入保守派的浪潮，结果却被曝她本人就长期雇用了一名叫妮基·迪亚兹的无证移民做管家。

迪亚兹已经为她工作了 9 年，当这件事在政治上变得有点不方便了，她突然解雇了迪亚兹，还声称她从来不知道她的雇员没有证件，并且拒绝支付拖欠的工资。换句话说，惠特曼愿意花 1400 万美元在竞选宣传上，却可能部分地因为拖欠 6210 美元的工资毁了自己的政治生涯。

迪亚兹说，"我觉得她就像扔垃圾一样把我扔出去了"。可是垃圾有自己的声音，加州护士工会放大了这个声音，而加州则逃过了一个其政策将残酷对待穷人、令中产阶级陷入贫困的亿万富翁的统治。

一名无证移民管家和一名移民酒店服务员争取正义的斗争，是我们时代伟大的世界性战争的缩影。如果说妮基·迪亚兹和去年针对 IMF 海地贷款的斗争证明了什么，那就是，结果永远是不确定的。有时候我们会赢一些小冲突，而战争仍会继续。上个星期曼哈顿那个昂贵的酒店套房里究竟发生了什么，还有太多未知，但有一点我们是确定的：在我们的时代，一场真正的阶级战争在公开打响，而上周，一名所谓的社会主义者站在了错误的一边。

他的名字是特权，但她的名字是可能性。他的是同样的老生常谈，而她的是一个关于可能性的新故事，一个关于改变、尚未结束的新故事。你我皆置身其中，这个故事是如此重要，以至于我们将共同观看、塑造这个故事，并在未来每个星期、每个月、每一年和每一代继续讲述它。

后　记

当时这篇文章是为了回应关于多米尼克·施特劳斯-

卡恩曼哈顿酒店事件的最初报道。后来，通过大量的金钱和强大的律师，他最终让纽约检察官撤销了刑事诉讼——他还通过其律师提供的信息诋毁受害者的名誉。就像很多穷人和来自动乱国家的人一样，纳非萨图·迪亚洛（Nafissatou Diallo）一直都生活在边缘，而对边缘人来说，向权威说真话并不总是明智或安全的，所以她被描绘成了一个骗子。在《新闻周刊》的一次采访中，她说她开始对于是否站出来指控强奸十分犹豫，并担心可能的后果。她是从沉默与阴影中站出来的。

就像其他被强奸的女人和女孩一样，尤其当她们的故事会威胁现存秩序的时候，她的品行也受到了审判。《纽约邮报》，默多克拥有的本地小报，头版头条声称她是个妓女，但是很难解释一个妓女为什么要接受 25 美元的时薪做联合酒店的全职清洁工，所以没人费神去解释。（她后来起诉报纸诽谤，《邮报》不得不与之达成庭外和解。）

人们——尤其是《纽约书评》的爱德华·爱泼斯坦（Edward Jay Epstein）——想出了详尽的情节来解释究竟发生了什么。为什么一个被目击证人描述为十分心烦意乱的女人会指控性侵，为什么被控的性侵者会在明显的慌乱中试图逃离这个国家，为什么在她的衣服上和其他地方会发现他的精液，从而说明性行为确实发生过？性行为要么是合意的，要么是不合意的。最简单、最前后一致的解释是迪亚洛的。就像克里斯托弗·狄基（Christopher Dickey）在《每日野兽》网站（The Daily Beast）的评论中所写的，施特劳斯-卡恩"声称他与这个之前从未见过的女人之间短于7分钟的性行为是双方自愿的。要相信他，你得脑补这样一种情景：迪亚洛只看了一眼他刚刚出浴的60多岁、大腹便便的裸体，就自愿跪下了"。

在那之后，其他女人也站出来举证她们曾被施特劳斯-卡恩性侵。一名年轻的法国记者称他曾经试图强奸她，而她的妈妈举证说她自己也和这个男人有过"残暴"的性经历。他还被卷进一个性派对圈子，派对的召妓活动违反了法国法律：就在我写这些的时候，他正面临"严重拉皮条行为"（aggravated pimping）的指控，不过性工作者对他的强奸指控现在撤销了。

最终，重要的事是，一个贫穷的移民女性颠覆了一个全世界最有权势的男人的职业生涯，或者说，她曝光了早就该终结他职业生涯的行为。这让法国女性重新审视她们身处的社会存在的厌女症。而迪亚洛女士在民事法庭上赢了IMF的前总裁。虽然，和解条件的一部分是一笔大约数目可观的赔偿金，另一部分则是沉默。这又让我们回到开始的地方。

赞美威胁：婚姻平等意味着什么

很长时间以来，同性婚姻的支持者一直在说，这样的结合不会带来任何威胁，而持相反意见的保守派则声称这种结合对传统婚姻是一种威胁。也许保守派是对的，也许我们应该赞美，而不是否定这种威胁。两个男人或两个女人之间的婚姻并不会直接影响异性婚姻，可是在形而上学的意义上，它可以。

要理解如何影响，你首先需要看一下什么是传统婚姻，以及两边是如何都在掩饰的：同性婚姻的支持者通过否认或者更有可能是忽视威胁，而保守派则是通过对究竟威胁的是什么含糊其词。

最近，很多美国人开始用"婚姻平等"（marriage equality）这个词来替代拗口的"同性婚姻"（same-sex marriage）。这个词通常是指同性伴侣应当拥有和异性伴侣一样的权利。但是它也可以指，平等的个体之间的婚姻。而这正是"传统婚姻"所不是的。西方社会的历史中，绝大多数时候定义婚姻的法律都将丈夫作为本质上的所有人，而妻子是他的所有物。或者说男人是老板，女人是仆人或奴隶。

1765 年，英国法官威廉·布莱克斯通 ① （William Blackstone）在其对英国普通法和之后的美国法律影响深远的评述中写道："通过婚姻，丈夫与妻子在法律上成为同一人：也就是说，女人的存在本身或其法律存在在婚姻存续期间被搁置，或至少被包含或合并到丈夫的存在中……"在这样的法规下，一个女人的生活取决于她丈夫的性情，虽然说那时候既有善良的也有无情的丈夫，权利还是比一个人的善良可靠得多，何况那个人还对你拥有绝对的权力。而权利，还离得太远。

直到英国 1870 年和 1882 年的《已婚妇女财产法》（*Married Women's Property Acts of 1870 and 1882*）出台之前，已婚妇女的一切都属于丈夫；不管妻子的继承财产或收入有多少，她自己的账户里一无所有。在英国和美国，禁止殴打妻子的法律也是在那段时间通过的，但是在 1970

① 威廉·布莱克斯通（William Blackstone，1723—1780）英国法学家、法官，1758 年起在牛津大学任教，成为英国大学教授英国法的第一人。著有《英国法释义》（*Commentaries on the Laws of England*），将普通法作为一门严格的专业和职业技艺引入英国的大学教育体系中。《英国法释义》中，就有女性在婚姻中的法律角色和地位的界定，按照"女性婚后放弃自身法律身份与丈夫法律身份合并"的规定（简称 coverture【被覆】，下文亦有引用）。当时的法律规定女性在婚后没有法律地位，其身份由其丈夫代表，并依从其丈夫的保护。

年代之前很少执行。现如今，家暴引入诉讼也没能让这两个国家中的任何一个医好家暴的流行病。

小说家埃德娜·奥布赖恩 ① 在最近出版的回忆录中，以令人毛骨悚然的段落描述了她是如何挣扎着挨过看起来非常传统的婚姻的。她的第一任丈夫嫉妒她在文学上的成功，强迫她把自己的支票转签给他。当她拒绝把一笔数目不菲的电影版权费转让给他时，他扼住了她的喉咙。而当她去警局报案，他们却毫无兴趣！那是半个世纪以前了，但是在美国，仍然每9秒钟就有一位女性被伴侣或前伴侣殴打，大约每3天就有一个女人被这类男人杀害。暴力本身是可怖的，但是这种隐含的假定同样可怖：施暴者有权利控制、惩罚受害人，而使用这种暴力成为实现这个目的的手段。

俄亥俄州克里夫兰的阿里尔·卡斯特罗（Ariel Castro）被控毒害、折磨、性虐待3名年轻女性长达整整10年，这当然是个极端案例，但是它也许并没有像描绘中那么反常。至少有一点，据称，卡斯特罗曾公开地极其凶暴地对待他现已去世的事实婚姻中的妻子。在他被控罪行的背后

① 埃德娜·奥布赖恩（Edna O'Brien，1930—　），爱尔兰女作家，被美国作家菲利普·罗斯形容为"英语世界目前最有才华的女作家"，代表作有《圣徒与罪人》，本书中说到的回忆录是她2012年的小说《乡村女孩》。

一定是一种对如下情境的欲望：他拥有绝对的权力，而女人处于绝对的无力，这是"传统婚姻"的一种更残暴的形式。

这是女权主义过去和现在一直都在抗议的一种传统——不光是那种极端的传统，也包括日常生活本身。19世纪的女权主义者取得了一些进展，而上世纪七八十年代的女性主义者获得了远远更多的胜利，令美国和英国的每一位女性都从中获益。女权主义也通过极力推动将等级式关系转变为平等关系，使同性婚姻成为可能。因为相同性别的两个人之间的婚姻在本质上是平等主义的——其中的一方也许在很多方面碰巧拥有更多的权力，但是总体来说，它是拥有平等地位的人之间的关系，因此他们可以自己来自由决定各自的角色。

什么样的特质和角色是"男的"，什么样的是"女的"，同志群体已经打开了回答这个问题的空间，而这种开放对于异性恋来说也是一种解放。当他／她们结婚时，婚姻的意义也同样变得开放。他／她们的结合并非建立于等级制的传统之上。有些人已对此送上喜悦的祝福。一位多次主持同性婚礼的长老会牧师告诉我："我记得在加州同性婚姻合法之后，我在主持仪式之前和即将成婚的同性伴侣见面，我开始意识到，古老的父权主义的默认设定在他／她们的关系中并不适用。我见证的是一件荣耀的事。"

美国保守派被这种平等主义吓坏了，或者只是震惊。这不传统，但是他们并不想谈论那个传统，或者他们对那种传统的热情。但是如果你曾关注他们对生育权和妇女权利的攻击，以及 2012 年末到 2013 年初反对更新《反针对妇女暴力法》的狂热，就不难看出他们的立场。然而在反对同性婚姻的事情上他们掩饰了自己真正的兴趣。

比如说，我们中这些关注过加州有关婚姻平等斗争的庭审记录的人，听到过很多论调大谈婚姻是为了生育子女。生育当然需要精子和卵子的结合——可是现在它们可以通过很多方式结合，比如通过试管或者通过代孕。而且每个人都清楚，现在很多孩子是被祖父母、继父母、养父母，以及那些并没有给他们生命却爱着他们的人养大的。

许多异性婚姻的夫妻没有孩子，许多有孩子的夫妻会分手：没有任何东西可以保证孩子们会在一个有不同性别的双亲的房子中长大。法庭嘲弄了以生育子女反对婚姻平等的论调，而保守主义者们还没有搬出他们真正的反对理由：他们希望维护传统婚姻，更希望维护传统的性别角色。

我认识很多可爱的、令人赞叹的异性伴侣，有在上世纪四五十年代结婚的，也有在之后的不同年代结婚的。他

们的婚姻关系平等、互惠、慷慨。（当然，我也认识特别
好的男人和难以忍受的人结婚的，人品差这件事无关性
别，但是权力关系却和性别有关，而且直到最近法律都在
强化这种权力关系。）但是在过去，即使并非特别令人厌
恶的人也可能无视平等。我认识一位很体面的男士，最近
刚刚去世，享年 91 岁。在他正当盛年的时候，曾经在没
有告知妻子的情况下接受了一份在国家另一头的工作，既
没有提前告知她也要一起搬家，也没有邀请她一起做决
定。她没法决定自己的生活。她的生活是属于他的。

　　是时候将那个时代的大门砰然关闭了，是时候开启一
扇全新的大门，欢迎性别之间、婚姻伴侣之间，任何情境
下任何人之间的平等。婚姻平等是一种威胁——对不平等
的威胁。对所有珍视平等并从平等中受益的人来说，它是
一件幸事。这是为了我们所有人。

祖母蜘蛛

I

　一个女人在晾衣服。一切正在发生，一切都没有发生。她的身体，我们只能看到几根手指，一双强健的、古铜色的小腿，还有她的双脚。白色的床单挂在她身前，但风将床单吹向她的身体，展露出她的曲线。晾晒衣服是最平常不过的事情，但是她穿了高跟鞋，好像特地为家务劳动以外的场合着装，又好像家务劳动本来就是一种舞蹈。她交叉的双腿看起来仿佛在踏出一种舞步。太阳把她和白色床单的影子投射到地面。影子看起来就像一只长腿黑鸟，一个从她的脚边延伸出去的物种。床单在空中飞舞，她的影子飞舞。她在一片如此荒芜的风景中做这些事，就好像你几乎可以看到地平线上地球的弧线。这是最寻常又最非凡的行动，晾衣服——和绘画。绘画能实现沉默可以实现的效果，激发一切的想象，却又不着一词；诉诸意义却又不拘泥于任何一种特别的意义；给你一个开放式问题，而非回答。

II

　　我时常思考"抹去"，或者说思考"抹去"的现象不断出现这件事。我的一个朋友，她的家谱可以追溯到一千年前，但是家谱上面没有女人。她刚刚发现她自己不在上面，但她的兄弟在。她的母亲不存在，她的祖母也不存在。所有的祖母们都不存在。父亲有儿子、孙子，这样家系可以传递，名字可以传承。家谱的旁支，树枝延伸得越长消失的人越多：姐妹、阿姨、母亲、祖母、曾祖母，无数的人在纸上和在历史中被消失。她的家庭来自印度，但是这种形式的族谱对我们西方人来说也很熟悉，比如《圣经》中那些长长的父传子的家谱。《新约·马太福音》中荒唐的 14 代家谱从亚伯拉罕一直记到约瑟夫（并未考虑到上帝才应是耶稣的父亲，而不是约瑟夫）。"耶西之树"——一种基于《马太福音》给出的耶稣父系族谱的图腾柱——在彩绘玻璃和其他中世纪艺术中得到表现，据称是家谱的起源。一致性——父权社会、祖先、和叙事的一致性——是通过涂擦和排除行为实现的。

III

　　消除你的母亲，然后消除你的祖母与外祖母，然后是你的四位曾祖母辈。往前追溯更多的世代，更多的世纪，成千上万的人消失了。母亲们销声匿迹，还有她们的父亲和母亲。直到你把整个森林缩小成一棵树，整个网络减少到一根线，更多的生命就像从未活过一消失。这就是要构建一种血脉、影响力或意义的线性叙事所要付出的代价。我以前总是在艺术史里看到这一点，我们被告知毕加索造就了波洛克，波洛克造就了沃霍尔，如此下去，好像艺术家只会受到其他艺术家的影响一样。几十年前，洛杉矶艺术家罗伯特·欧文①在马路边甩掉了一个纽约艺术批评家，这事儿广为人知，因为这位批评家拒绝承认一位年轻的汽车改装者在改装老爷车上表现的艺术性。欧文自己也曾是汽车改装者，老爷车改装文化曾对他影响至深。我还记得另一位当代艺术家，当她看到一篇艺术品目录文章给她安了一份家长式的谱系，声称她直接出自科特·施维特斯（Kurt Schwitters）和约翰·哈特菲尔德（John Heartfield）的谱系，她的反应比欧文稍微礼貌一点，但和他一样对此感到厌烦。她知道，她来自她亲手制作的作品，来自自己编织和所有实际的创造过程，来自她小时候去她家里干活

---

① 罗伯特·欧文（Robert Irwin，1928— ），出生于美国加州长滩，先锋艺术家，"光与空间"运动（Southern California Light and Space）的代表人物之一，以其极简主义风格的作品探讨颜色、空间和时间的关系。

的那些砖匠，他们身上所有那些日积月累的、让她着迷的动作姿势。每个人都会被他在接受正式教育之前经历的那些意外和日常生活的经历所影响。这些在叙述中被排除在外的影响，我称之为祖母。

IV

女人还通过别的方式被消失。比方说命名。某些文化中，女人可以保留自己的名字，但是在大多数文化中，她们的孩子跟随父姓。在英语国家，直到最近，人们都是以丈夫的名字加上"夫人"来称呼已婚女人的。比如说，你不再是夏洛特·勃朗特，而变成了亚瑟·尼克尔斯夫人。名字抹去了一个女人的谱系，甚至她的存在本身。这和英国法相符，就像布莱克斯通在1765年所阐述的那样：

> 通过婚姻，丈夫与妻子在法律上成为同一人：也就是说，女人的存在本身或其法律存在在婚姻存续期间被搁置，或至少被包含或合并到丈夫的存在中。她的一切行为都在他的羽翼、保护和覆盖之下进行。正因如此，在我们的法律法语中妻子叫做"被覆的女人"(femme—covert)，或者说，她处于她的丈夫，也就

是她的男爵或她的君主的保护和影响之下。她在婚姻存续期间的状态称为被覆（coverture）。因此，一个男人不能授予他的妻子任何东西，也不能和她签订契约，因为授予就意味着承认她的单独存在……

他覆盖她，就像床单，像裹尸布，像帘幕。她没有独立的存在。

V

女性不存在的形式可以说不胜枚举。之前阿富汗战争的时候，《纽约时报》周日杂志做了一期关于阿富汗的封面报道。题图的大照片本来应该是展示一个家庭的，但是我开始只看到了一个男人和他的孩子们，后来才惊讶地发现，之前被我当作是窗帘或家具的一部分的，原来是一个全身被罩袍遮住的女子。她从读者的视野中消失不见了。不管那些关于面纱或布卡罩袍的论点如何，它们确实让人消失。面纱历史悠久，早在三千年前的亚述面纱就存在了。那时，有两种女人——值得尊敬的女人和寡妇——必须戴面纱；妓女和奴隶女孩禁止戴面纱。那时，面纱就好像是一堵隐私的围墙，一个女人属于一个男人的标记，一栋可移动的禁锢的建筑。而那些不可移动的建筑将女人限制在家里，限制在家务和生育的家庭领域中，使她们无法自由移动，将她们排除在公共生活之外。在很多社会，女人被禁锢于家中的目的还包括控制她们的情欲，因为在父系社会中，父亲需要确知他们的儿子是谁，需要构建他们的族谱血脉。而在母系社会中，这种形式的控制并非不可或缺。

VI

在阿根廷 1976 年到 1983 年的肮脏战争中，据说军政府会让人"消失"。他们使异见人士、活动家、左翼人士、犹太人"消失"了，男性和女性都有。如果可能，那些被消失的人要被秘密带走 / 做掉，即使那些爱他们的人也无法知道他们的命运。15000 到 30000 名阿根廷人被除去。人们不再和邻居或朋友说话，因为惧怕任何事、惧怕任何人都可能背叛他们。当他们试图保护自己不让自己"被"消失的时候，他们的存在变得更稀薄了。当成千上万的人成为"被消失的人"，los desaparecidos①，"消失"从一个动词变成了一个名词。那些最先克服自己的恐惧勇敢发声、站出来的人，最早的反对声，来自母亲们。她们叫

————————————————

① 原书此处西班牙语，意为"消失的人"。

做"五月广场母亲"。取这个名字是因为，她们是那些被消失的人的母亲，然后她们开始在象征这个国家心脏的地方——首都布宜诺斯艾利斯五月广场上的总统府玫瑰宫门前——出现，而当她们出现以后，她们拒绝离去。禁止静坐，她们就行走。尽管她们会被攻击、拘捕、审问，被从所有的公共空间中最公共的地方赶出，她们依然一次又一次回来，为了公开言明她们的悲痛与愤怒，为了要求让她们的子女和孙辈返回家园。她们戴着白色手帕，上面绣着她们孩子的名字和他们消失的日期。母爱是一种情感和生物性的纽带，执政的将军们没法将母爱强行说成左翼或者犯罪。这是一种新型政治的掩护，就像美国的"女性为和平罢工"一样。1961年，这个组织创建于冷战的阴影中，当时异见还会被说是邪恶的共产主义。母爱与体面成为这些女人的盔甲和戏服，她们在一个例子中抨击的是将军们，在另一个例子中谴责的是核武计划和战争本身。这个角色就像一扇屏风，她们隐藏其后，拥有一种有限的活动自由。在这个体制中，没有人是真正自由的。

VII

当我年轻的时候，一所名校的女生们在校园里被强奸，而大学负责人的回应方式是告诉所有的女生，天黑之后不要外出，或者干脆不要外出。进屋去。（对女人来说，禁闭一直都在等着包围你。）有恶作剧者弄了一个海报，公布了另外一种方案，就是天黑以后禁止所有男生出现在校园。这两种解决方案在逻辑上是对等的，可是男人们非常震惊，竟然有人仅仅因为一个男人的暴力就要求他们消失，让他们失去活动和参与的自由。把肮脏战争中的消失称为犯罪很容易，可是数千年来，让女人从公共领域、从族谱、从法律地位、从声音和生命中消失又该叫做什么呢？根据意大利演员瑟莱娜·丹迪多（Serena Dandido）和同事们组织的项目"重伤致死"（Ferite a Morte）的调查，每年全世界有 66000 名女性死于男性之手，他们开始将这种情形定义为"杀女"（femicide）。她们中的大多数为爱人、丈夫、前伴侣所杀，这些人寻求的是最极端的禁闭，终极形式的抹去、噤声和消失。在这样的死亡发生前，受害者通常已经在家中和日常生活中被暴力和威胁噤声、禁闭了数年甚至几十年。有些女人每次被擦除一点点，有些女人被一次性擦除。有些人会再现。每一个现身的女人都要和那些试图令她们消失的力量搏斗。她和那种试图代替她讲述她自己的故事，或者将她从历史中、族谱中、人权中、法治中除去的力量斗争。通过文字或图像讲述你自己的故事的能力，已经是一种胜利，已经是一种反叛。

VIII

关于一个女人晾晒衣服的行为，你能讲述太多故事——把衣服放在晾衣绳上有时是一项令人愉悦的任务，是通向阳光的便道。关于安娜·特蕾莎·费尔南德斯（Ana Teresa Fernandez）的画中与一张床单纠缠在一起的神秘轮廓，你也可以讲述很多种故事。晾衣服也许是所有家务琐事中最梦幻的，它牵涉到空气、太阳和水从干净布料中蒸发所花的时间。特权阶层已经不怎么晾衣服了，但是画中这位穿着黑色高跟鞋的女士究竟是家庭主妇，还是女仆，还是世界末日的女神，我们无从得知。同样不得而知的是，她晾晒一张床单意味着什么。但是这幅画激发了我一连串的联想——那些抹除的例子——就像这根晾衣绳。在烘干机发明之前，晾晒是使纺织物变干的方法。我依然会在室外晾晒衣服，旧金山的拉丁裔和亚裔移民也是如此。从唐人街的窗前到教会区（拉丁区）的后院，晾晒的衣物飞扬有如经幡。破旧的牛仔裤，童装，这个尺寸的内衣，那个条纹枕巾，这些能唤起什么？

IX

这个圣方济各（St. Francis）穿了一件白袍子，袍子包裹得如此之严密，我们只能看到一双强健的手、一只脚和隐藏在兜帽阴影下的脸。光从左边照进来，打在应该是羊毛布料的厚重褶皱上，投射出深深的暗影和脊线。他怀抱骷髅头骨的双臂组成一个圆环，布料的深厚褶皱从圆环中央向外放射。17世纪的西班牙艺术家弗朗西斯科·德·苏尔瓦兰（Francisco de Zurbaran）与被画者同名。这位画家在他的圣人肖像画中一次次描绘白色的布料：圣哲罗姆（St. Serapion）的白衣犹如瀑布一样落下，隐匿他的身形；白衣在圣谢拉皮翁（St. Serapion）身上的光与影之间盘绕，他的双臂高举，像是筋疲力尽的投降，腰间的锁链使他不至于崩溃倒下。织物可以示意、承受、传递感情。它为它所包裹的身体发言，取代肉体的感官性，提供一种更加纯粹，但同样富于表达的替代。它既遮盖身体，又定义身体的空间，就像费尔南德斯那幅画中的床单。它是一个体验绘画、光与影的纯粹愉悦的时机。与苏尔瓦兰的暗黑背景形成对比，织物又是光亮感的来源。在苏尔瓦兰的时代，大多数织物都是靠女人纺线、编织制成的，但是她们不作画。我是在意大利一个古镇观看苏尔瓦兰的画展的，那里有一座美丽的剧院。剧院的壁画和天花板让我想起一名旧金山的艺术家——壁画家蒙娜·科隆（Mona Coron）。虽然那些花环和缎带让我想起她的作品，但是在那个时候，很少有女人可以画画，可以公开制造图像，可以定义我们如何观看这个世界，可以凭己力谋生，创造一些五百年后人们还有可能看到的东西。在费尔南德斯的画中，这件白色织物是一张床单，有着富于表现力的褶皱和阴影。它说的是房子、床、床底之间发生了什么，以及发生的事如何在晨光中、清扫房间中、和女人的作品中渐渐洗褪。我说的是它是关于什么，而不是它是什么。被表现的女人模糊不清，但是表现她的那个女人不是。

X

不同颜色的颜料从管中被挤出、混合，然后涂画在绷紧于木框之中的画布上，所以艺术上说，我们看到的是一个女人在晒床单，而不是画布上的油彩。安娜·特蕾莎·费尔南德斯的这幅油画高 6 英尺，宽 5 英尺，人物几乎是真人大小。虽然这幅作品无题，这个系列有一个标题：*Telaraña*。《蜘蛛网》。画中的女人困在性别和历史的蜘蛛网上；在画中，她也在编织她自己权力的蜘蛛网，画的主体是一张织成的床单。现在是机器织，但是在工业革命前是女人纺织。由于纺线和编织，人们将女人和蜘蛛联系在一起，在那些古老的故事里蜘蛛总是女性。在世界的这个角落，霍皮人、普韦布洛人、纳瓦霍人、乔克托人和切罗基人[1]的创世传说中，蜘蛛祖母是宇宙的主要缔造者。古希腊的一个传说中，一位不幸的纺织女被变成了一只蜘蛛，成为不可抵挡的希腊宿命的象征。她纺线、编织，切断每个人的生命线，保证每个人的生活都是有明确终结点的线性叙事。蜘蛛网是非线性的意象，它的意象是事物可能会通往的许多方向，之前的很多来路，它是很多的祖母与很多子孙串成的弦。有一幅19世纪的德国绘画[2]，画中的女人在处理亚麻。她们脚踩木鞋，穿着深色裙子，戴着端庄的白色便帽，面对画面左边的墙交错站立。墙边，一卷卷原料缠绕成麻纱。她们每个人身上都抽出一根长长的纱线横穿房间，她们看起来就像蜘蛛，纱线看起来就像从她们的腹中穿出。或者说，她们就像被这根极细的纱线拴在了墙上，纱线如此纤细，在其他的光线下根本看不见。她们在纺线，被困在了网中。

　　为了编织一张网却不受困于其中；为了创造一个世界，创造你自己的生活，掌握你自己的命运；为父亲们同样也为祖母们命名；为了画网，而不是只是直线；做一个清洁工也做一个创造者；为了能够歌唱，不被静音；为了除下面纱，为了能够出场。这些是我在晾衣绳上挂的标帜。

---

[1] 以上皆为北美印第安人部落。
[2] 此处提到的作品应该是 Max Liebermann 的 *Flachsscheuer in Laren*。

伍尔夫的黑暗：拥抱不可解之事

2009

"未来是黑暗的，我想，这就是未来最好的样子。"弗吉尼亚·伍尔夫在1915年1月18日那天的日记中写道。当时她将近33岁，第一次世界大战刚刚开始演变成一场空前规模的灾难性大屠杀，并将持续数年。比利时已被占领，欧洲大陆陷入战火。许多欧洲国家也在侵略世界上的其他地方，巴拿马运河刚刚开通，美国经济岌岌可危，有29000人刚刚在意大利的一场地震中丧生，齐柏林飞艇正要袭击大雅茅斯，开启空袭平民时代的序幕。几周后，德国人还将在西部防线首次使用毒气战。但是，伍尔夫写的可能是她自己的未来，而不是世界的。

就在不到6个月之前，她刚刚因为疯癫和抑郁症发作试图自杀，此时仍然处在陪护的照料看护下。事实上，在这之前，她发疯的过程和战争的日程表类似，但是她恢复了，战争却继续急转直下，还要持续血腥的4年。"未来是黑暗的，我想，这就是未来最好的样子。"这是一句非凡的宣示，断言无需要通过虚假的占卜，或是关于政治或意识形态叙事的阴冷预言，将未知转换为已知。它赞美黑暗，还愿意——正如"我想"一词所传达的——在自己的宣示中保留不确定性。

大多数人惧怕黑暗。对孩子而言是实际的黑暗，而对很多成年人来说，让人恐惧的黑暗是那些不可知、不可见、晦暗难解的东西。可是，那个无法轻易区分和定义的黑夜，同样也是人们做爱的黑夜。在暗夜中，事物融合、变化、着迷、被唤起、被充盈、被拥有、被释放、被更新。

在刚开始写这篇文章的时候，我翻看了劳伦斯·冈萨雷斯（Laurence Gonzalez）写的一本关于荒野求生的书。其中有一句话很生动："计划，是关于未来的回忆，试穿现实，看看是否合身。"他想说的是，当二者难以调和的时候，我们经常会坚持计划，忽视现实给我们的种种警告，因此陷入麻烦。我们恐惧未知之黑暗，在那里一切都晦暗不明，于是我们经常宁愿选择闭眼之黑暗，选择无视。冈萨雷斯还说道："研究者指出人们倾向于将任何信息都当作对他们思维模式的确认。如果说乐观主义意味着相信我们看到的世界如其所是，那么我们本质上都是乐观主义者。在计划的影响下，我们更容易看到我们想看的东西。"而从某种意义上说，作家和探险家的职责是看到更多，是一场抛开任何先入之见的旅行，睁开双眼，步入黑暗。

并不是所有的作家和探险家都渴望如此或者能做到。在我们的时代，非虚构作品正在逐渐变得越来越像虚构作品，但这种趋势却并非对虚构作品的肯定。部分地是因为太多作家无法理解过去，就像未来一样，是黑暗的。我们所知甚少。如实地书写一个人生，无论是你自己还是你母亲的，或是某个名人的人生，书写一个事件、一场危机、另一种文化，都是在不断地接触、尽力理解那些黑暗的碎片、历史的暗夜和未知的场所。它们告诉我们知识是有限的，世上有终极的奥秘。这些奥秘的起点是，我们知道的，只不过是某人在缺乏确切信息情况下如何思考或感觉。

很多时候，我们甚至无法确知关于自己的事，更不必提去了解那些消逝在过往时代中的人了，那个时代的纹理与映像都和我们的时代截然不同。当我们试图去填补空白，我们就是用自以为全知的错觉来代替我们并非清晰了解的真实。当我们错误地认为自己无所不知时，我们知道的比我们坦然承认无知时还要少。有时，我觉得伪装权威性知识是一种语言的失败：大胆断言的语言比起微妙、暧昧、充满思辨的语言来，要简单、不费力得多。伍尔夫在后一种语言上无可比拟。

黑暗的价值是什么？在无知中探索未知的价值是什么？我在本世纪出版的五本书中都提到过弗吉尼亚·伍尔夫。《漫游癖：行走的历史》关于行走的历史；《迷路指南》（*A Field Guide to Getting Lost*）关于漫步和未知的用途；《反转》（*Inside Out*）谈论房子与家的幻想；《这么远，那么近》（*The Faraway Nearby*）关于讲故事，同理心，疾病以及意料之外的关联；《黑暗中的希望》（*Hope in the Dark*）则是一本关于政治与可能性的小书。最后这本的标题正来自开篇引用的那句话。伍尔夫对我来说一直都是一颗试金石、我的万神殿，就像博尔赫斯、凯伦·白烈森、乔治·奥威尔、亨利·大卫·梭罗和其他几位作家一样。

伍尔夫有很多面，就连她的名字也带有一丝野性。法国人把薄暮时分叫做"狼与狗之间的时刻"（entre le chien et le loup）。在那个年代的英格兰，弗吉尼亚·斯蒂芬斯选择和一个犹太人结婚，这举动本身也有点野性，有点逾越她所处的阶级和时代。虽然有很多个伍尔夫，我的那一个，是指导我思索漫步的用途、迷路、匿名性、沉浸、不确定性和未知的维吉尔。我将她关于黑暗的那句话当作警句，推动我写了《黑暗中的希望》这本关于政治与可能性的书。当时写那本书，是为了对抗小布什政府入侵伊拉克之后笼罩我们的绝望情绪。

看，不再看，重新看

我的那本书以那句关于黑暗的引言开头。文化批评家、散文家苏珊·桑塔格的 2003 年作品《关于他人的痛苦》，开头就引用了伍尔夫晚期作品里的一段话。那本书的主题是同理心和摄影，她的伍尔夫并不完全是我的伍尔夫。桑塔格在开头写道："1938 年 6 月，弗吉尼亚·伍尔夫出版了《三几尼》(*Three Guineas*)，对战争的根源做了勇敢的、令人不快的反思。"她继而探讨伍尔夫是如何拒绝这本书的开篇问题——"你认为我们该如何阻止战争"——中的"我们"的。伍尔夫对这个问题的回答是，"作为一个女人，我没有国家"。

其后桑塔格对伍尔夫有一系列的辩驳，关于那个"我们"，关于摄影，关于阻止战争的可能性。她的争辩带着尊敬，也承认当时的历史背景现已彻底改变，包括女人作为旁观者的地位，还带有一种伍尔夫所处的那个年代的乌托邦主义，那种思潮曾经设想一个完全没有战争的世界。桑塔格不光与伍尔夫争辩，也与自己争辩，反驳自己在里程碑式作品《论摄影》中的早期观点，她曾宣称关于暴行的摄影已经让我们麻木，但我们必须坚持观看，因为暴行不会停止，我们必须以某种方式接触它。

桑塔格这本书的结尾是她对身处在伊拉克和阿富汗肆虐的那种战争里的人的思索。"'我们'——这个'我们'是从未经历过他们所经历的任何事情的每一个人——无法理解。我们无法感同身受。我们根本无法想象那是什么样的。我们无法想象战争如何恐怖，如何可怕，如何变得正常。无法理解，无法想象。"

桑塔格也让我们拥抱黑暗，拥抱未知，拥抱不可知性，不要让图片的洪流淹没我们，让我们误以为我们可以理解，或是令我们对痛苦麻木。她说，知识既可以唤醒感觉，也可以使感觉变得麻木。但她并不认为这些矛盾可以消解。她允许我们坚持观看照片，她也允许照片中的主体拥有这样的权利，即他们经历的不可知性得到承认。而她自己也承认，即使我们无法完全理解，我们也可能在乎。

桑塔格并未提及的是，我们也无法回应那些不可见的痛苦。即使在这样的时代，每天你的电子邮箱里都充斥着有关损毁与暴行的募捐邮件，对战争和危机或业余或专业的记录仍然有很多是不可见的。政权费尽心思隐藏尸体、囚犯、罪行、腐败；可是仍然，即使是现在，也许有人在乎。

以一篇题为《反对阐释》的文章开启公共职业生涯的桑塔格，她自己也是不确定性的拥护者。在那篇文章的开篇，她写道："最早的艺术体验想必是巫术的，魔法的……"后面又写道："我们今天处于这样一个时代，阐释的主张主要是反动的，令人窒息的。阐释是智力对世界的报复。阐释令世界贫瘠荒芜。"① 当然，她接下来的一生是阐释的一生，在其最伟大的时刻，她和伍尔夫一样，拒绝标签化，过度简化或是下轻易的结论。

我曾和桑塔格争辩，就像她与伍尔夫争辩。事实上，我第一次见到她时，我们有过关于黑暗的争论。让我惊讶的是，我并没有输。如果你去看她逝世后出版的最后一部随笔集《同时》(*At the Same Time：Essays and Speeches*)，你会发现其中有一段，她的词句中夹杂了我的想法和例子。当时是 2003 年春天，伊战刚刚爆发，她在为奥斯卡·罗密若奖 ②（Oscar Romero Award）准备受奖演说词。（当年那个奖最终给了沙伊·梅努钦 Ishai Menuchin，以色列选择性拒服兵役委员会的主席。③）

---

① 引文参照程巍翻译的《反对阐释》版本，上海译文出版社，2003 年。

② 奥斯卡·罗密若奖（Oscar Romero Award），为纪念 20 世纪著名的天主教大主教奥斯卡·罗密若（1917—1980）设置的奖项，罗密若曾任巴西萨尔瓦多第 4 任大主教，在一次弥撒中当他准备向教民分发圣餐时被人开枪打死。

③ 沙伊·梅努钦（Ishai Menuchin）是以色列组织 Yesh Gvul（"凡事有度"）的成员，该组织支持良心拒服兵役者（conscientious objector）反对以色列的军事占领，组织的口号是"我们不开枪，不哭泣，不在占领区内服役"。

伍尔夫去世的时候，桑塔格大约9岁。我拜访桑塔格的时候，她70岁。在她纽约切尔西区的顶楼公寓，窗外可以看到滴水嘴兽的背影，桌上放着一堆打印出来的演讲稿片段。我一边读演讲稿，一边喝着潮湿的蒲公英根泡的茶，我觉得这些茶可能在碗柜里放了几十年，不过在那个厨房里这是意式浓缩以外的唯一选择。她的观点是，我们应该为坚守原则而抵抗，即使可能毫无用处。我那时刚刚开始在写作中捍卫希望，我说你不知道你的行为是否无用；你没有对未来的回忆；未来是黑暗的，那是未来最好的样子；以及，最终我们总是在黑暗中行动。你的行动会产生什么效果，你无法预知，甚至无从想象。它们可能会在你去世很久以后才发酵。很多作家的词句正是如此，在他们身后才会激起最深的回响。

毕竟，我们在这儿，重读一个已经去世70多年的女人的文字。在某种意义上她仍然活在那么多人的想象中，仍然是对话的一部分，仍然是一种具备能动性的影响力。2003年春天桑塔格发表在"汤姆快讯"网站上的那篇抵抗演讲，以及若干年后她出版的《同时》，从中你会读到她提到了梭罗去世后的影响力和内华达试验场（在那里引爆过超过一千枚核弹，也是在那里，自1988年起的若干年内，我参与了反对核武竞赛的伟大的公民不服从运动）。

同样的例子也被我写进了《黑暗中的希望》一书中：我们这些反核活动分子并没有成功关停内华达试验场，那是我们最明显的目标。可是我们给了哈萨克斯坦人灵感，他们最终于 1990 年关停了苏联的核试验场。完全未曾预料，完全不可预料。

我从试验场中所学甚多，也从我在《狂野之梦：美国西部的隐形战争》（*Savage Dreams*：*The Invisible Wars of the American West*）中写过的那些地方中所学甚多：关于历史的长弧，关于计划外的后果，关于迟来的影响。核试验场，作为巨大的汇合和碰撞发生之地，就像桑塔格和伍尔夫那样的作家一样，教会我写作。然后，若干年后，桑塔格用我们的厨房谈话中我举的例子和我写下来的细节，充实了她关于坚守原则行动的观点。这是我从未预料到的一个小小的影响，它发生在我们两个都在引用伍尔夫的那一年。在我们各自引用伍尔夫的书中我们共同遵循的原则，也许可以叫做伍尔夫主义。

两次冬日散步

对我来说，希望的基础不过是我们不知道接下来会发生什么，不可能与不可想象之事也时常发生。这个世界的非官方的历史显示，有献身精神的个人和大众运动能够并且已经塑造历史，虽然我们无法预知如何、何时、需要多久才能取得胜利。

用冈萨雷斯引人共鸣的话来说，绝望是一种确定性的形式，确信未来要么就如现在一般，要么衰败恶化；绝望是一种对未来充满信心的回忆。乐观主义对于未来会发生什么有着类似的自信。两者都指向不行动。而希望可以是这样一种认识，我们并不具有这种记忆，现实未必会与计划相符。希望就像创造力，可以来自浪漫主义诗人约翰·济慈所称的消极能力（negative capability）。

1817年隆冬时节的一个夜晚，比伍尔夫在日记中书写黑暗早了一百多年，诗人在回家的路上与几个朋友交谈。济慈后来在一封著名的信中描述那次散步："很多不同的事在我脑海中汇聚起来，互相印证，我突然意识到，到底是什么特质能够塑造一个有成就之人，尤其是在文学上？……我指的是一种消极能力，也就是说，一个人能够做到在不确定性、神秘和怀疑中生存，而不是急躁地追求事实和理性。"

济慈的散步、交谈，脑海中许多不同的念头互相印证，向我们展示了信步漫游如何可以带来想象力的漫游，带来一种本身就是创作的理解力。散步将内省变成一种室外活动。在她的回忆录《过去的素描》中，伍尔夫写道："某天在塔维斯托克广场散步时，我在一段感觉很棒、但显然是无意识的疾步行走中想出了《到灯塔去》。我时常这样构思我的书。一个想法接着一个想法。从烟斗中吹泡泡的给我的感觉，就像是无数的想法和场景在我的脑海中迅速迸发。走路时，我的嘴唇好像在自动吐出音节。是什么吹出了泡泡？为什么在那个时候？我一无所知。"

在我看来，伍尔夫的某些天才之处就在于这份一无所知，这种消极能力。我曾经听说过一位夏威夷的植物学家，他寻找新物种的小窍门就是在丛林中迷失，越出自己的知识和经验，让体验超越他的知识，选择现实而非计划。伍尔夫不仅利用，更是称赞对于思想和身体不可预知的漫步。她作于1930年的杰出散文《街头徘徊：一场伦敦冒险》，虽然也有她早期作品中的轻快语调，却是一次深入黑暗的旅程。

仅仅需要戏剧化或虚构一次在伦敦的冬日黄昏出门买铅笔的经历作为借口，就可以开始探索黑暗、漫游、发明和身份的湮灭。身体虽然只是在日常的范围内活动，头脑中却已经进行了一场盛大的冒险。"黄昏时分同样带给我们一种不负责任感，来自黑暗和路灯，"她写道，"我们不再完全是我们自己。当我们在一个晴朗的傍晚，4点钟到

6点钟之间踏出房门的时候，我们把亲朋好友所熟知的那个我们抛在一边，成为由匿名远足者组成的庞大的共和军中的一员。当一个人走出自己独处的房间，会发现这种社会是那么让人愉快。"在这里，她描述的是一种并非强加身份而是解放身份的社会形式，陌生人的社会，街头共和国，由大城市所发明的匿名与自由的体验。

内省经常被描绘成一种室内的、孤独的活动。僧侣在小室中，作家在书桌前。伍尔夫不同意这点，她这样写房子，"因为在那里，我们居坐在那些强化我们自身的经验回忆的物件之中"。她进而描述这些物件，然后说："但是当房门在我们身后关闭，一切都消失了。我们的灵魂分泌出来用来容纳自己，用来让自己看起来区别于他人的壳一样的罩子，破碎了。在所有的褶皱和粗糙之中下面，是一颗叫做洞察力的珍珠，一只巨眼。冬日的街道是那么美！"

我在《行走的历史》一书中也引用了这篇文章，那本书是关于散步的历史，也是关于漫游和思想之游历的历史。房子的罩子既是一种保护，也是一种囚禁，将熟悉感和连续型容纳其中，而这些东西在室外可能会化为乌有。在街上行走可以是一种社会活动，甚至也可以是政治行动，当我们在起义、游行和革命中共同行进时。但它还可以是一种引发幻想、主体性和想象力的方式，是外部世界带来的激励与中断，和内心世界的意象与欲望（还有恐惧）组成的二重奏。有时，思考是一项室外活动，一种体力活儿。

在这样的情境下，推动想象力的常常是轻微的分心，而非不受打扰的聚精会神。思考没有明确的方向，通过迂回绕道才能到达那些无法直接到达的地方。在《街头徘徊》中，想象的旅程可能纯粹是休闲式的，但是正是这种无目的的漫游使得伍尔夫构想出了《到灯塔去》，以一种伏案写作可能无法达成的方式促进了她的创作。如何完成创造性工作不可预知，需要徜徉漫游的空间，拒绝日程表和条条框框。创造性作品无法被简化为可复制的公式。

公共空间和都市空间，有时候的作用是服务公民，使得作为社会成员的公民与其他成员建立联系。而在这里，它的作用是让人们从个人身份的纽带和约束中脱离出来。伍尔夫赞美迷失，并不是说找不到路那种迷失，而是开放地接受未知，接受物理空间可能带给心理空间的启示。她还写了白日梦，在这里毋宁说是傍晚梦，关于如何想象自己身在另一个地方，是另一个人。

在《街头徘徊》中，她还思索了身份认同本身：

> 或者，真正的自我是否既非此也非彼？既不在此处也不在彼处？而是各式各样、徘徊不定的，以至于

只有当我们让它随心所欲畅通无阻的时候，我们才确实是我们自己？社会环境要求一致性，为了便利，人必须是一个整体。当一个好公民在傍晚打开门的时候，他必须是一个银行家、高尔夫球手、丈夫、父亲；而不是一个在沙漠里游荡的游民，某个凝视夜空的神秘主义者，旧金山贫民窟里的浪荡子，领导革命的士兵，或是在怀疑与孤独中哭嚎的贱民。

她说，但是他是所有这些人。而且那些限制他能够是什么的标准并非是限制她的那些。

不确定性原理

伍尔夫所呼吁的，比诗人惠特曼的"我包罗万象"（I contain multitudes）更为内省，比诗人兰波的"我即他者"（I is another）更为轻透、模糊。她呼唤一种不再强迫统一认同的环境，因为统一性是一种限制，甚至压迫。人们经常注意到她小说中的角色都反映了这一点，但人们较少注意到，在她的散文中，她以一种探究、批判的口吻赞颂、拓展、坚持要求这种多样性、不可消减性，甚至神秘性，如果神秘性指的是事物不断变化、超越、无法限制、不断收容的能力。

伍尔夫的很多散文正是这种自由的意识和不确定性原理的宣言、范例和探索。它们是反批评的典范，因为我们常常认为批评的目的就是盖棺定论。我以前做艺术批评家的时候，经常开玩笑说博物馆喜欢艺术家就像标本剥制师喜欢鹿一样。这种将艺术家的开放式、变幻不定、冒险性的作品变得安全、稳定、毫无疑义的欲望，很多为那个被称为"艺术圈"的封闭圈子工作的人身上都有。

在文学批评和学术界，也有一种类似的征服态度，反对作品和艺术家的意图中固有的暧昧不明。这种欲望企图确认无可确信之事、探知不可探知之事，将天空中的飞翔变成盘中烧烤，分门别类，加以限制。那些无法分类的东西则根本无法被察觉到。

有一种"反批评"则试图通过连接、开启多重意义、发掘可能性来拓展艺术作品，让作品比之前的状态更加复杂、更加自由。伟大的艺术批评可以解放一件艺术作品，让它被完整地看见，保持生命，让它参与一场永远不会结束、不断激发想象力的对话。并非反对阐释，而是反对禁锢，反对扼杀精神。这样的批评本身也是伟大的艺术。

这样的批评不把批评家和文本对立起来，不寻求权威。它寻求的是与作品和作品中的想法一同旅行，使它生长绽放，邀请他人参与到本来可能显得不可理解的对话中来，梳理出本来可能未被注意的关联，打开本来可能紧锁的门。这种批评尊重一件艺术作品本质的神秘性，它的美丽和愉悦之处也部分在此。美丽和愉悦都是主观的、不可复归的。最糟糕的批评企图盖棺定论，让其他所有的人沉默；而最好的批评则开启一场永远无需结束的对话。

解　放

伍尔夫解放了文本、想象力和虚构的角色，然后也为我们自身，尤其是女人，要求这种自由。这就是我最佩服的那个伍尔夫的关键特质：她永远在歌颂一种非官方、非体制性、非理性的解放，她的解放是超越那些熟悉、安全和可知的东西，进入更广阔的世界。她要求的女性解放不仅仅是让女人也能扮演男人在体制中的角色（现在的女人已经能做到这一点），而是让女人在地理和想象力的漫游上有全面的自由。

她认识到这也需要种种实际的自由和权力——她在《一间自己的房间》中已有论述，而这篇文章通常被当成为女人要求房间和收入的辩论，然而其实她还通过一个关于朱迪斯·莎士比亚（Judith Shakespeare）的美妙而悲惨的故事，向大学和整个世界发问。朱迪斯是莎士比亚不幸的妹妹："她无法在职业技艺上得到任何训练。甚至，她能在小酒馆吃晚餐，或者午夜时分在街头闲逛吗？"小酒馆的晚餐，午夜的街头，城市的自由是自由的关键要素，这种自由不是要去定义自己的身份，而是可以失去自己的身份。也许，伍尔夫的小说《奥兰多》中的主人公活了好几个世纪，在不同的性别之间切换，正体现了她关于绝对自由的理念：在不同的意识、身份、爱情与空间漫游。

在伍尔夫的演讲《女人的职业》中，解放的问题以另一种形式出现。她带着一种快意的残忍，讲述了该怎样杀死房间里的天使，也就是那个满足所有人的需求和期待而从不为自己着想的完美女人。

> 我尽全力杀死了她。如果有一天我需要为此上法庭，我的理由是，杀死她是出于正当防卫……杀死房间里的天使是一个女作家职责的一部分。天使死了，那么剩下的是什么？可以说，剩下的简单平常的物体——一间卧室里，一个年轻女人和一瓶墨水。换句话说，现在她卸下了伪装，这个年轻女人只剩下了她自己。啊，可是什么是"她自己？"我是说，女人是什么？我向你保证，我不知道。我也不相信你会知道。

现在你已经意识到了，伍尔夫经常说"我不知道"。

"杀死房间中的天使，"她继续说，"我想我解决了。她死了。可是在那一刻，当我说出我作为肉身的切身体验的真相时，我觉得我没有解决。我怀疑是否有任何一个女人真的解决了。她面对的障碍无比强大——却又难以定义。"伍尔夫精彩的语句中传达的是优雅的不服从。声称她的真实必须是切身的，这一点本身已经足够激进，以至于在她说出之前几乎是不可想象的。在她的作品中，比起比方说乔伊斯来，具象化或身体化总是显得更为得体。虽然她也探讨获得权力的方法，但是在《论疾病》一文中，她发现即使是疾病的无力感也可以让人获得解放，让人注意到健康人注意不到的事，让人以全新的视角阅读，让人被改变。这一段非常伍尔夫。在我看来，她所有的作品都构成了一种奥维德式的变形记，其中追求的自由是持续变化、探索、漫游和超越的自由。她是一个逃离艺术家。

在号召具体的社会变革时，伍尔夫也是一个革命派。（当然，她也有自身所处的阶级、地点和时代带来的缺陷与盲点，她在某些方面可以超越这些因素，其他方面却不能。我们同样有这些盲点，我们的后代可能会、也可能不会为此而指责我们。）但是她理想中的解放必须同时是内在的、情感上的、智识上的。

以文字为生的 20 年来，我自己的任务是寻找或者创造一种语言来描述事物的核心那些微妙之处，无法计算之处，那些欢愉和意义——这些东西无法归类。我的朋友奇普·沃德曾经谈到"量化的暴政"，可以计量的总是优先于那些无法计量的：私人利润优先于公共利益；速度与效率优先于享受和质量；功利实用优先于那些对我们的生存更有用处的神秘和意义，后者关照的不只是我们的生存，还有自有其目的和价值的生命们，这些目的和价值超越我们自身，让一个文明拥有存在的价值。

量化的暴政某种意义上是语言和话语的失败，它无法描述更加复杂、微妙、流动的现象。它也是那些引导舆论，决定是否理解和看重这些不确定之事的人的失败。评估无法被命名或被描述的事情是困难的，有时甚至是不可能的。因此，在任何针对资本主义和消费主义现状的反抗中，命名和描述都至关重要。最终，地球的毁灭部分是因为，也许在很大程度上，是由于想象力的失败，或是计数系统未能计算真正重要的东西。对这种毁灭的反抗是一种想象力的反抗，它偏爱微妙的事物，喜好金钱无法购买、大公司无法控制的愉悦，希望成为意义的制造者而非消费者，钟情一切缓慢的、漫游的、离题的、探寻的、神秘的、不确定之物。

我想以伍尔夫的另一段话作为结束，我的画家朋友梅·斯蒂芬斯（May Stevens）曾将这段话写在她的一幅画作上寄赠给我，我也曾在《迷路指南》一书中引用过。在梅的画中，这些长句子的书写方式看起来像流水，成为一种将我们所有人冲走又浮起的原始力量。在《到灯塔去》一书中，伍尔夫写道：

> 现在她不必考虑任何人。她可以做她自己，和自己独处。在这样的时刻她最近常常感到需要——思考；嗯，甚至不是思考。而是沉默，孤独一人。一切膨胀的、闪闪发光的、喧闹的存在和活动，蒸发不见了。带着一丝庄严感，一个人退缩回自我，一个楔形的黑暗的内核，某种他人看不见的东西。虽然她仍然坐得笔直，继续编织，但她正是在这种状态中感到了自我。而这个摆脱了羁绊的自我可以去自由地经历最奇特的冒险。当生活有片刻的沉没，体验的可能性似乎是无穷无尽的……在这之下是一片黑暗，蔓延伸展，深不可测；但时不时我们也会升到表面，那就是你们看到我们的地方。在她看来，她的视野似乎是无限的。

伍尔夫给我们的无限性，无法捕捉，迫切等待接受，像水一样流动，像欲望一样无穷，是一枚让我们迷路的指南针。

与狼共舞的卡桑德拉

卡桑德拉是那个说出真相却无人相信的女人。在我们的文化中，她的故事远没有"狼来了"的故事——就是那个不断说同样的谎言直到不再被人相信的男孩——那么广为流传。也许更多人应该知道她。作为特洛伊国王的女儿，卡桑德拉受到这样的诅咒：她拥有准确预言未来的能力却无人相信。她的人民认为她是一个疯子和骗子，在一些版本的故事中，人们甚至将她囚禁起来，直到阿伽门农将她作为战利品掳走。她最终和他一起被随意地杀害。

当我们在性别战争的汹涌波涛中航行时，我总是想起卡桑德拉。因为在那些战争中，可信度是如此重要的一种根本权力，而女人总是被认为在这方面有一些决定性欠缺。

当一个女人指控一个男人，尤其是一个位于现存秩序中心的男人，尤其如果这件事和性有关，那么常见的回应往往不光是质疑她指控的事实，连她说话的能力以及权利也会被质疑。一代又一代的女人被告知，她们要么在做梦，要么太糊涂，要么在设局下套、阴谋陷害，要么撒谎成性，要么是以上全部。

　　我觉得有意思的是这种拒绝把女人的话当真的冲动，以及这种冲动如何频频陷入自相矛盾和歇斯底里之中——这些恰好是女人总会被指控的特质。因为桑德拉·弗路克（Sandra Fluke）在国会民主党作证需要有更多的公共经费支持生育控制，拉什·林博（Rush Limbaugh）把她叫做"荡妇"和"妓女"，对了，他自己显然对生育控制怎么操作一无所知。我觉得如果他——总是前言不搭后语、经常被指出犯了事实性错误、永远被激怒的林博——有时也被说成歇斯底里，倒也挺不错的。

　　蕾切尔·卡森因为她关于农药危害的划时代作品《寂静的春天》被贴上了这样的标签。卡森在书中为她的研究提供了详尽的注释，她的观点现在被认为是预言式的。可是化工企业不高兴了，而且某种意义上说，身为女人是她的阿喀琉斯之踵。1962年10月14日，《亚利桑那星报》发表了这本书的一篇书评，标题为《〈寂静的春天〉过于歇斯底里的抗议》。之后《时代周刊》发表了一篇文章称DDT对人体完全无害，并将卡森的书描述为"不公正、片面、歇斯底里式的过度富于同情心"。"很多科学家可以理解卡森小姐对自然界平衡的莫名执念"，这篇书评写道，"但是他们担心她的感情用事和不够严谨的情感冲动有害而无益"。碰巧，卡森本来就是一个科学家。

"歇斯底里"（hysteria）一词源自希腊语的"子宫"（uterus），因为人们曾经认为这个词所指示的情感状态来自不稳定的子宫，男人自然而然可以免于这样的诊断。现在这个词一般指自相矛盾、过度紧张或者困惑不解。在 19世纪晚期，歇斯底里是一种常常被诊断出的病症。西格蒙德·弗洛伊德的老师让-马丁·沙河（Jean-Martin Charcot）曾公开展示"患有歇斯底里的女人"的痛苦。某些情况下，这些被诊断为歇斯底里的女人还会经受虐待、由虐待引起的心理创伤，以及无法表达创伤缘由的无力。

年轻的弗洛伊德曾经有过一些病人，她们的问题似乎源自童年时期遭受的性虐待。某种意义上说，她们诉说的是不可言说之事：即使在今天，战争和家庭生活中那些最残忍的创伤是如此违背社会道德观念，对受害者的灵魂伤害如此之深，以至于仅仅讲述它们就是一种折磨。性侵就像酷刑，是对受害者身体完整性的权利、自决权和自我表达权的攻击。它试图完全抹去受害者的声音和权利，而她必须从湮灭中站起来才能发声。

讲述一个故事，拥有一个故事，令讲述者得到承认和尊重，这仍然是我们所知的战胜创伤的最好的办法之一。令人惊奇的是，弗洛伊德的病人曾经能够说出她们的不幸遭遇，而他最开始听到了。他在 1896 年写道："我因此论证，每一例歇斯底里症的背后都存一起或数起**孩童时期性经验**。"但他后来否定了自己的观点，转而写道，如果他选择相信他的病人的话，那么"在所有情况下，你就得指控父亲，**不排除我自己的父亲，是变态**"。

女权主义精神科医师朱迪斯·赫尔曼（Judith Herman）在她的著作《创伤与恢复》（*Trauma and Recovery*）中写道，"他的通信很清楚地表明，他的假说重大的潜在社会影响越来越让他不安……因为这样的困境，他不再倾听他的女性病人。"如果她们说的是真的，他就得挑战整个父权权威的结构体系来支持她们。赫尔曼又补充道，"一种顽固的坚持让他执着于发展越来越复杂的理论，他坚称那些女人其实是在幻想，并且渴望那些她们控诉的性虐待经历。"对所有逾越法规的权威和侵害女性的男性罪犯来说，这就像是一个再方便不过的不在场证明。这本来就是她想要的。她想象出来的。她不知道她在说什么。

沉默，就像但丁的地狱一样，由若干同心圆组成。首先是内在的压抑、自我怀疑、抑制、困惑和羞耻，这一切都让发声变得困难甚至不可能。然后是恐惧，担心由于发声而被惩罚和排斥的恐惧。苏珊·布里森（Susan Brison）现任达特茅斯学院哲学系主任，曾经在 1990 年被一个陌生男人强奸。他骂她"婊子",让她闭嘴,然后掐住她的脖子,用石头砸她的头,最后把她扔在路边等死。后来她发现自己难以讲述自己的经历:"下定决心讲述和书写我经历的强奸是一回事,可是找到讲述的声音是另一回事。即使在我破裂的气管痊愈之后,我还是有说话的困难。我从来未曾完全失声,可是会常常犯我的朋友叫做'破碎言说'(fractured speech)的毛病。犯病的时候我会口吃结巴,无法把词语串成一个简单的句子,那些词语就像破碎的项链一样散落一地。"

在这个圆环之外是那些外部力量,它们试图通过羞辱、霸凌或者彻底的暴力,包括致死的暴力,令那些无论如何都要发声的人噤声。如今,这个圆环在威胁很多高中和大学里的强奸受害者。这些年轻的女人们常常因为发声而被骚扰或威胁;有些人因此而变得有自杀倾向;很多潜在的罪行未被调查或起诉;很多美国大学继续让无数未被惩罚的强奸犯顺利毕业。

最后,最外面的沉默同心圆是当故事终于被讲述,当讲述者没有被直接噤声,故事和讲述者的可信度却遭到质疑。这个领域的敌意如此强烈,你大概可以把弗洛伊德选择相信他的病人的短暂时光称为虚假的黎明。尤其是当女人发声讲述性犯罪的时候,她们说话的权利和能力就会遭到攻击。到今天这种反应几乎成了条件反射,有一种清晰的模式,而这个模式历史悠久。

这种模式最早受到全面挑战是在1980年代。关于1960年代的故事我们已经听过太多,而1980年代发声的那些革命性变化却时常被忽视和遗忘——不光是世界各地被推翻的政权,变化还发生在卧室里、课堂上、工作场所、街头,甚至是政治的组织形式中(开始采用女权主义影响下的合意原则以及其他反等级制、反威权主义的组织技巧)。那是一个爆炸性的年代。那个年代的女权主义如今常常被认为是冷酷的反性主义,因为女权主义指出性是一个权力场,而权力倾向于滥用和虐待,还因为它描述了这种滥用的性质。

女权主义者不仅仅推动了立法,自1970年代中期以来,她们还定义和命名了很多在此之前从未得到承认的违法行为的类别本身。通过定义和命名,她们以此宣布权力的滥用是个严重的问题,男人、老板、丈夫、父亲——以及普遍的成年人——的权威需要被质疑。她们为乱伦、儿童性侵、强奸和家暴的故事创造了一个讲述框架和支援网络。这些故事才能够在我们的时代成为一个叙事的引爆点,因为太多太多曾经沉默的人决定讲出自己的经历。

那个年代的混乱部分地来自这样一个事实,没有人真正知道如何倾听孩子诉说，或者如何询问他们，或者，在一些情况下，如何细究自己的回忆或那些接受治疗的成年人的记忆。美国耗时最长耗资最高的刑事案件之一——臭名昭著的麦克马丁托儿所虐童案审判（McMartin Preschool abuse trial）开始于1983年，其时洛杉矶地区的一位母亲声称她的孩子在这个学校遭到猥亵。司法部门不光大为震怒，还让父母问他们的孩子们有诱导性的问题，并雇用了一名治疗师来询问几百名孩子更多诱导性的问题，还使用了奖品、玩偶和其他工具技巧来帮助他们构建关于撒旦仪式虐待的疯狂故事。

麦克马丁审判混乱不堪的审讯的最终结果有时候被用来证明"儿童是不可信任、想入非非的撒谎者"。但是也许我们应该记住，成年人才是这个案子的问题所在。法学教授道格·林德（Doug Linder）写到该案的检察官曾经在采访中承认"他知道孩子们开始对他们被性侵的故事添油加醋"，还说作为检察官，"出庭不关我们的事儿"，并补充说被故意隐瞒的证据有可能为被告脱罪。即便如此，在那次漫长的审判和后来的第二次审判中被告人均被判无罪，虽然人们很少记起这一点。

1991年10月11日，一名法学教授被参议院司法委员会传唤作证。时任美国总统乔治·H.W.布什提名克拉伦斯·托马斯（Clarence Thomas）为最高法院大法官，当时的场合是任命大法官的参议院确认听证会（confirmation hearing）。作证的人叫做阿妮塔·希尔（Anita Hill）。在之前的私人采访中以及在听证会上，希尔讲述了托马斯担任她的上司时发生的一系列事件。他强迫希尔听他谈论他看过的色情电影和他的性幻想，还给她施压试图和她约会。当她拒绝后，希尔说"他不能接受我的解释的有效性"，就好像"不行"本身不是一个有效的回答。

虽然她因为当时没有采取行动而受到批评，我们得记住，女权主义者直到最近才发明了"性骚扰"这个词并界定其概念。直到 1986 年，在她描述的经历发生之后，最高法院才认可工作场所的此类行为是违法行为。当 1991 年希尔终于开口发声的时候，她受到了毫不留情的猛烈攻击。质询她的人全都是男人，共和党议员的问题尤其滑稽，极尽怀疑和揶揄之能事。参议员艾伦·斯佩克特（Arlen Spector）询问了一个证人，这个人根据一些短暂的会面作证称希尔对他抱有性幻想。斯柏科特问："你觉得是否有这样一种可能：希尔教授想象出或者幻想出了她指控托马斯的那些事？"又是弗洛伊德式的框架：如果她声称发生了一些恶心的事情，那么其实是她希望它发生了，或者她根本不能将二者分开。

整个国家陷入了一场喧嚣、一种内战，因为很多女人太了解日常生活中的性骚扰是什么样子，太知道举报这种事情会有很多不愉快的后果，但是很多男人并不知道。短期来看，希尔遭受了种种羞辱的考验，而托马斯最终仍然被任命为大法官。最严苛的指控来自保守派记者大卫·布洛克（David Brock），他先是发表了一篇文章，继而又发表了一整本书来诋毁希尔。十年后，布洛克懊悔他对希尔的攻击和他的右派立场，他写道："我为了毁掉希尔的信誉不择手段，采取了一种漫无目标的攻击方式。我把来自托马斯阵营的几乎所有毁谤她的指控——这些指控常常是自相矛盾的——搜集混合起来，然后一股脑儿砸向她……用我当时的话说，她'有点疯癫又有点放荡'。"

从长期来看，"我相信你，阿妮塔"成了一句女权主义口号，而希尔则被认为开启了一场承认并回应工作场所性骚扰的革命。听证会一个月后，国会通过了《1991年民权法》，其中规定了性骚扰受害者可以起诉她们的雇主以获得损失补偿和欠付工资。当人们终于有渠道起诉工作场所性骚扰后，相关案件数量激增。1992年大选年又被戏称为"女性之年"，这一年卡罗尔·莫斯利·布朗（Carol Mosley Braun）成为第一位入选参议院的黑人女性，参议院和国会的女性议员数量比以往任何一年都要多。

即使在今天，当一个女人说出让人不舒服的有关男性不端行为的话时，她仍然会被说成胡言乱语，阴谋算计，撒谎成性，一个认识不到那不过是风流韵事的怨妇，或者以上全部。这些变本加厉的回应让人想起弗洛伊德讲的那个关于破水壶的笑话。一个男人向他的邻居归还他借的水壶，邻居指控他把水壶打破了，男人回答说他完全没有打破，水壶借给他的时候就已经破了，而且他根本就没有用过。当一个女人指控一个男人的时候，他和他的维护者的反击是如此肆无忌惮，以至于她最后成了破水壶。

就在今年，当迪伦·法罗（Dylan Farrow）一再指控她的养父伍迪·艾伦（Woody Allen）曾猥亵她时，她成了最破的那只水壶。攻击者蜂拥而至。艾伦发表了一篇长篇檄文，声称他绝无可能在阁楼猥亵养女，因为他一直讨厌那间阁楼，迪伦一定是受到了她母亲米娅（Mia）的指导和"洗脑"，米娅可能是迪伦发表的指控文章背后的影子写手，而且米娅"毫无疑问"是因为一首关于阁楼的歌想出了这个点子。这里又存在着性别区分，很多女性觉得这个年轻女人是可信的，因为她们全都听过类似的事情，而很多男人却好像只看到了不实指控的例子并夸大其普遍性。麦克马丁托儿所的幽灵再次浮现，提起它的人却好像对这场审判及其结果有着错误的回忆。

赫尔曼的《创伤与恢复》探讨了强奸、猥亵儿童和战争创伤，她写道：

> 掩盖和噤声是侵犯者的首选防御手段。如果掩盖
> 不管用，侵犯者就会攻击受害人的信誉。如果他不
> 能让她永远噤声，他就会想方设法确保没有人相信
> 她……每一桩暴行过后，人们总是会听到这样预料之
> 中的维护：这事儿没发生过；受害者在撒谎；受害者
> 言过其实；受害者自作自受；无论如何，是时候忘记
> 过去向前看了。侵犯者的权力越大，他就越有能力命
> 名和定义现实，他的说辞就会赢得越彻底。

在我们的时代他们并不总是会赢。我们仍然在一个战
斗的年代，一场关于谁拥有说话的权利、谁拥有被相信的
权利的战斗，压力来自双方。男性权利运动和广为流传的
错误信息创造了这样一种观念：毫无根据的性侵指控极为
普遍 ①。"女人作为整体是不可信任的"，"强奸案误判是一

---

① 不实强奸指控确实存在，但是相对少见，虽然那些被冤枉的案件
确实很可怕。英国皇家检查署 2013 年发布的一项研究指出，在调
查的时间段内一共有 5651 起强奸诉讼，其中只有 35 起涉及不实
指控。美国司法部 2000 年的一份报告给出美国的估测数字：全年
有 322,230 例强奸，其中有 55424 例到警局报案，26271 例拘捕，
7007 例被定罪——也就说只有全部强奸事例的 2% 多一点和报警
案件的 12% 最后导致有人被捕入狱。毫无疑问，冤案的数量不可
能高到哪里去。——原注

个严重问题"，这些推断被用来让女性个体噤声，用来避免讨论性暴力，甚至把男性塑造成首要受害者。这样的逻辑就像讨论美国的选举欺诈——其本身是一种极为罕见的罪行，长期以来对选举结果没有任何重要影响。但是保守派近年来声称选举欺诈无处不在，并以此为借口剥夺那些很可能投他们反对票的人群的投票权：穷人，非白人，学生。

我并不是说女人和孩子不会撒谎。男人、女人和孩子都会撒谎，但后两种人并不会不合比例地更容易撒谎，而男人——这个群体包含了二手车销售员，闵希豪森男爵（Baron von Munchhausen）① 和理查德·尼克松——并不会特别诚实。我想说的是，我们应该明白这个女人爱撒谎爱头脑不清的古老话术仍然被经常使用，我们应该看清它的真面目。

我有一个朋友在一所著名大学做关于性骚扰的培训，她告诉我说，有一次她在学校的商学院做演讲，一名年纪较大的男教授问她："我们为什么要因为仅仅一个女人的举报就要展开调查？"她遇到过很多这样的故事，其他故事则是关于女人——包括学生、职工、教授、研究员——

---

① 德国作家鲁道尔夫·埃里希·拉斯伯创造的一个虚构人物，是一个"吹牛大王"。

争取信任有多艰难，尤其当她们的证言是针对地位很高的侵犯者时。

今年夏天，老古董专栏作家乔治·威尔（George Will）声称世界上只有"想象出来的校园强奸泛滥"，他说当大学或者女权主义者或者自由派把受害者变成一种可以带来特权的、让人觊觎的身份，受害者就会层出不穷。年轻女性在推特上创造了 #survivorprivilege（幸存者特权）这个标签来回应他："我以前倒没意识到在创伤后应激障碍（PTSD）、严重焦虑和抑郁中生活是一种特权"，"# 我应该保持沉默吗——因为当我说话的时候每一个人都说我在撒谎"，她们的推文写道。威尔的专栏文章其实完全没什么新鲜的，不过是"女人天生不可信任，这些强奸指控其实都没什么好关注的，我们应该往前看"的老一套罢了。

今年早些时候我自己也体验了这种经历的缩微版。我在社交媒体上贴了几年前发表的一篇文章中的两段话，那篇文章是关于加利福尼亚的 1970 年代，那两段话讲述了我当时生活中的一些事件（嬉皮成年人挑逗刚刚步入青少年的我）。一个陌生人——一个有钱有文化的男人——立刻在脸书回帖抨击我。他的愤怒和毫无依据的自信，那种他有能力对这件事做出判断的自信，都让人印象深刻。他说："你在夸大事实，你给的'证据'还不如一个福克斯电视台的新闻记者给得多。你'觉得'这是真的所以你就是说是真的，呵呵，我把这叫做'扯淡'。"我必须得提供证据，好像你真的有可能为好几十年前发生的这些事提供证据一样。我是歪曲事实的坏人。我觉得自己很客观，可其实很主观；我把我"觉得"当成我"认为"或者"知道"。这些都是太熟悉不过的指责和太熟悉的愤怒。

　　如果我们能承认甚至命名这种攻击信誉的套路，那么每一次当一个女人发声的时候，我们就能跳过一次又一次探讨女人的可信度这个环节。关于卡桑德拉的另一件事：在这个神话最有名的版本中，她的预言之所以无人相信是因为她拒绝和阿波罗发生性关系，这位神祇对她施加的咒语所致。试图捍卫自己身体的权利就会导致失去信誉，这个线索早就在那里了。但是现实中的卡桑德拉就在我们中间，当我们做出自己的决定，决定相信谁和为什么，我们就能祛除这个咒语。

#YesAllWomen：女权主义者重写历史

2014

这是观念世界杯中一场关键的比赛。两支队伍激烈地争抢皮球，女权主义全明星队屡屡射门，试图把球踢进标有"普遍性社会问题"的门柱之间，而由主流媒体和主流男性组成的另一支队伍则打算把球踢进另外一边的球网，叫做"孤立事件"。为了守住球门不被攻破，主流队伍的守门员一次次喊道："精神疾病。"而那只"足球"，当然，就是加州伊斯拉维斯塔（Isla Vista）枪击案的意义。在这场屠杀中，多名学生被他们的同学杀害。

这个周末，关于他的行为性质的争论愈演愈烈。主流声音坚称他有精神疾病，好像这样就解决问题了，好像整个世界分成了"正常"和"疯狂"两个泾渭分明的国家，互相之间既没有任何来往也没有任何文化上的共通之处。然而精神疾病往往是一种程度，而不是一个类别，许多受其困扰的人也可以是温柔而富有同情心的。从很多方面来说，比如从社会不公、无止境的贪婪和生态破坏的角度来看，疯狂，就如同自私刻薄，其实位于我们社会的中心而不是边缘。

T. M. 卢尔曼（T. M. Luhrmann）在去年一篇精彩的评论文章中指出，印度的精神分裂症患者出现幻听时，他们听到的声音会更有可能告诉他们去打扫房间，而美国人听到的声音更有可能让他们变得暴力。文化关系重大。或者，就像我的一位对疯狂和暴力都有切身认知的刑事辩护调查员朋友说的那样，"当一个人开始失去和现实的联系，生病的大脑就会疯狂地、谵妄地缠住它沉浸在其中的一切——周围文化中的疾病"。

伊斯拉维斯塔枪击案中的凶手也一再地被说成"异常"，就好像是为了强调他和我们其他人之间没有任何共同之处。但是这种暴力的其他版本就在我们身边，广泛存在的针对女人的仇恨和暴力上是最明显的体现。

最终，这场关于一个男人的杀戮狂欢代表了什么的争论也许会成为女权主义历史上的一个关键时刻。女权主义过去一直是、现在仍然是一场关于命名、定义、发声和被听到的斗争。故事基础策略中心（Center for Story-Based Strategy）把它叫做"故事的斗争"，因为你在斗争中的输赢很大程度上取决于你采用的语言和叙事。

2010 年，媒体评论家詹妮弗·波茨纳（Jennifer

Pozner）就另一件仇女男性犯下的屠杀案写道：

> 我不得不一而再再而三地书写同一篇文章或博客
> 的不同版本，我对这件事厌倦至极。可是我必须这样
> 做，因为在所有这些事件中，基于性别的暴力是这些
> 罪行最核心的特征。如果我们不去探讨这个动机因
> 素，那么不光公众无法对这些事件有更完全和准确的
> 了解，我们也会缺乏必要的分析和语境来认识这种暴
> 力，及时发现预警信号，从而采取措施防止类似的悲
> 剧重演。

伊斯拉维斯塔枪击案中的凶手既杀了女人也杀了男
人，但是他暴行的目的似乎是为了杀害一个女学生联谊会
的成员。他毫不掩饰地认为他睡不到女人这件事是女人对
他的冒犯，在一种可悲的自以为是和自怜中，他觉得女人
对他有所亏欠。

#YESALLWOMEN

理查德·马丁内斯（Richard Martinez）是其中一位年
轻受害者的父亲。他在国家电视台上发表了有力的讲话，

谈到枪支管控，屈服于枪支游说的政客的懦弱，以及这场悲剧的广泛社会原因。作为圣芭芭拉县的一名公设辩护人，就像他的职业领域中每一个人一样，他已经和针对女人的暴力、枪支使用者和精神疾病打交道好几十年了。这桩血腥惨案确实是关于枪支，关于男子气概和自尊自负的有害面向，关于痛苦、陈词滥调、以及对情感问题的动作电影式处理。但是首先，它是关于对女人的仇恨。

这件事引起了一场女权主义的讨论，据说一个网名为凯耶（Kaye）的年轻女人在屠杀案后的那个星期六率先开始使用 #YesAllWomen（是的所有女人）这个标签发推（但是之后她因此受到的攻击和威胁让她被迫退出了公共讨论）。到星期天晚上，全世界的 #YesAllWomen 推文已经有 500000 条，仿佛一座水坝崩溃决堤。也许确实决堤了。这个短句描述了女人面对的痛苦和恐怖，尤其为了针对男人们在女性谈论压迫时的惯用回复："不是所有男人"。

对某些男人来说，这是一种说"我不是问题所在"的方式，或者说让他们把讨论主题从真实存在的尸体、受害者和侵犯者转移到男性旁观者的舒适程度上来。一个愤怒的女人对我说："他们想要什么？一块奖励他们没有殴打、强奸或威胁女人的曲奇饼干？"女人无时无刻不害怕被强奸或杀害，有时候谈论这个比保护男人的舒适程度更重要。就像一名叫珍妮·赵（Jenny Chiu）的网友在推特上说的，"当然＃不是所有男人（#NotAllMen）都是厌女症或者强奸犯。这根本不是重点。重点是＃是的所有女人（#YesAllWomen）都生活在对那些确实是厌女症和强奸犯的男人的恐惧中"。

女人们——以及男人们（不过主要是女人）——说得精彩而犀利：

- "＃YesAllWomen 因为我不可能发关于女权主义的推文而不受到威胁或收到变态回复。直言发声不应该让我觉得害怕"。

- "＃YesAllWomen 因为我看到更多的男人因为这个标签生气而不是因为发生在女人身上的那些遭遇愤怒。"

- "＃YesAllWomen 因为如果你对他们太友善你就是在'故意引诱'以及如果你太强硬他们有可能揍你。无论怎样你都是个婊子。"

那是媒体圈的一个闪光时刻和一场跨越众多平台的广泛对话，脸书和推特上有成千上万人参与其中——这一点非同寻常，因为推特可谓是最受欢迎的向直言不讳的女性发强奸和死亡威胁的渠道之一。就像阿斯特拉·泰勒（Astra Taylor）在她的新书《人民的平台》（*The People's Platform*）中指出的，"言论自由"的说辞被用来保护仇恨言论，而后者做的其实是剥夺他人的言论自由，让他们因为恐惧而收声。

我们这个时代最重要的女权主义声音之一劳里·佩妮（Laurie Penny）写道：

"当关于谋杀案的新闻传开，当网络世界开始消化、讨论其意义的时候，我正要给我的编辑发邮件请几天的假，因为一些尤其骇人听闻的强奸猥亵让我觉得很受打击，我需要时间静下来想一想。但是我并没有去休假，我在写这篇博客，在愤怒和悲痛中写——不光是为了伊斯拉维斯塔屠杀的受害者，也为了其他所有地方的逝者，因为新厌女主义的语言和意识形态继续被容忍和接受……每次当我谈论受害者和幸存者的时候，总有人让我同情一下暴力犯罪者，我对此厌倦至极。"

我们的词语就是我们的武器

1963年，贝蒂·弗里丹出版了她划时代的著作《女性的奥秘》。她在书中写道："美国女性得不到机会发展她们作为人的全部潜能，这个简单的事实尚没有名字，而这个无名的问题对我们国家身体和精神上的伤害比其他任何已知的疾病都要深重。"在那之后，这个问题渐渐获得了名字：男性沙文主义，然后是性别主义、厌女症、不平等、压迫。对策是"妇女解放"，或者"女权主义"。这些词语现在看起来可能已经有些陈词滥调了，但在当时让人耳目一新。

自从弗里丹的宣言以来，女权主义部分地是通过给事物命名来推进的。比如，"性骚扰"这个词最先出现于1970年代，最早在法律系统中被运用是1980年代，1986年最高法院给了这个词正式的法律地位。1991年，由于阿妮塔·希尔在参议院听证会上作证反对最高法院大法官被提名人克拉伦斯·托马斯，这个概念得到了广泛的报道和关注。完全由男性组成的质询小组以居高临下的态度对希尔进行欺凌恐吓，而参议院和其他地方的很多男人完全不能理解如果你的老板对你污言秽语或者提出性要求有什么大不了的。或者他们拒绝承认有这种事情。

很多女性出离愤怒。就像伊斯拉维斯塔枪击案过后的那个周末一样，那也是一个分水岭式的时刻，一个讨论发生重要改变的时刻。那些以前没有受到压力的人现在被迫直面这些问题，新观念得到开启，想法得到更新。写有

"我相信你，阿妮塔"的车贴流行了好一阵子。现在工作场所和学校的性骚扰被认为大为减少，受害者也拥有比以前多得多的资源，某种程度上多亏了阿妮塔勇敢的证言和那次听证会引起的舆论地震。

很多用以裁决一个女人的生存权利的词汇都是最近的发明：比如"家庭暴力"，当法律开始对这个话题产生（轻微的）兴趣时，这个词取代了"打老婆"。在美国，仍然每 9 秒钟就有一个女人被殴打，但是多亏了 1970 年代和 1980 年代伟大的女权主义运动，她现在至少可以采取法律手段，而法律渠道偶尔会有用，偶尔可以保护她，甚至在更偶尔的情况下可以把虐待她的人送进监狱。1990 年，《美国医学协会期刊》发文称，"美国卫生部医务总监办公室的研究发现，家庭暴力是 15 岁和 44 岁之间的女性最主要的伤害来源，家暴造成的伤害超过车祸、抢劫、癌症的总和。"

我查这件事的时候找到了印第安纳州反对家庭暴力联盟的网站。这个网站警告访问者她们的网页浏览历史可能会在家里被监视，并提供了一个家暴热线号码。这个网站告诉女性，她们的虐待者可能会因为她们寻求信息或者试图理解她们的遭遇而惩罚她们。情况就是这么糟。

我最近读到的另一件让人震惊的事来自《国家》

（*Nation*）杂志中的一篇文章，关于 1964 年纽约皇后区臭名昭著的凯瑟琳·"凯蒂"·吉诺维斯（Catherine "Kitty" Genovese）凶杀案。作者彼得·贝克（Peter Baker）提醒我们，街区中有些邻居从他们的窗户目睹了凶手强奸并杀死凯瑟琳，但他们很可能把一个陌生人的暴行当成了一个男人正在行使他可以对"他的"女人为所欲为的权利。"在当时，一个男人对他的妻子或女友使用暴力被普遍认为是个人私事，这很重要。在 1964 年的法律看来，一个男人不可能强奸他的妻子，这很重要。"

诸如"熟人强奸"、"约会强奸"和"婚内强奸"这样的词语当时还没有被创造出来。

21世纪词汇

语言就是权力。当你把"酷刑"（torture）变成"强化审讯"（enhanced interrogation），把杀害儿童变成"附带损害"（collateral damage），你实际上摧毁了语言用来传达意义，让我们看到、感受到和让我们在乎的力量。但是反之亦然，你可以用语言的力量埋葬意义，也可以用它挖掘意义。如果你缺乏描述一种现象、感情或处境的词语，那么你就无法谈论它，你们也就无法聚到一起来应对它，更不用说去改变它。很多俗语——"二十二条军规"、"破坏阻挠"（monkeywrenching）① 和"99% 与 1%"——不光帮助我们描述世界，而且帮助我们重塑世界。女权主义也许尤其如此，因为它是一场致力于给无声者声音、为无权者赋权的运动。

我们这个时代最有力的新词之一是"强奸文化"。这个词在 2012 年下半年开始广为流传，印度新德里和俄亥俄州斯托本维尔的性侵案是当时的重大新闻。一个措辞尤为强烈的定义是这样说的：

> 强奸文化是这样一种环境：强奸广泛存在，针对女人的性暴力在大众传媒和流行文化中被正常化和得到谅解。厌女语言的使用、对女性身体的物化和对性暴力的美化使得强奸文化得以永久持续，这一切都创造了一个无视女性权利和安全的社会。强奸文化影响每一个女人。大多数女人和女孩因为强奸的存在而限制她们自己的行为。大多数女人和女孩生活在对强奸的恐惧中。总体而言，男人并不。这就是为什么强奸是这样一种有力的工具，它使得女性人群作为整体处

① Monkeywrenching，又称 ecotage，是一种采取非暴力不服从和破坏行动（sabotage）来推动环保议题的行动主义。

于作为整体的男性群体的附属地位，即使许多男人并不是强奸犯，很多女人并不是受害者。

有时我听到人们使用"强奸文化"来描述所谓的"小青年文化"——某些青年男子热衷于揶揄戏弄、猥琐挑逗的亚文化。有时候这个词也被用来批判将厌女主义融合在娱乐节目、日常不平等和法律漏洞之中的主流文化。这个词帮助我们不再假装强奸是异常现象，假装它和更广泛的文化毫无关系，或者和主流文化的价值观完全背道而驰。如果确实如此的话，那么不会有五分之一的美国女人（和七十分之一的男人）是强奸受害者；如果确实如此，那么不会有 19% 的大学女生面对性侵的困扰；如果确实如此，军队不会在应对泛滥的性暴力时如此举步维艰。"强奸文化"这个词让我们开始认真对待这些问题在社会文化中的根源。

在 2012 年关于波士顿大学曲棍球队性侵案的讨论中，人们使用了"性特权意识"（sexual entitlement）这个词，不过在那之前这个词也被提到过。我最早听到它是在 2013年，当时读到 BBC（英国国家广播公司）报道一项关于亚洲的强奸现象的研究。该研究的结论称，在很多情况下强奸的动机是这样一种观念：一个男人有和女人性交的特权，不管她愿不愿意。换句话说，他的权利胜过她的，她没有权利。这种"要你跟我上床是天经地义"的想法在其他地方也十分盛行。很多女人被告知，就像少女时代的我曾经听到的那样，我们做的、说的、穿的，或者仅仅是我们的样子，或者仅仅是我们身为女人，激起了男人的欲望，所以我们有义务满足他们的欲望。我们欠他们的。他们有这个权利，拥有我们的权利。

　　男性因情感和性需求得不到满足而恼羞成怒的例子实在太普遍，包括这样的想法：你可以通过强奸或惩罚一个女人来报复其他女人做过或者没做的事。今年春天，一个少女因为拒绝一个男孩的舞会邀请而被捅死；2014 年 5 月 14 日，一名 45 岁的母亲因为试图和她的约会对象"保持距离"而被杀害；伊斯拉维斯塔枪击案发生的同一晚，一名加州男子因为一名女子拒绝和他发生性关系而将她射杀。伊斯拉维斯塔屠杀之后，"性特权意识"这个词突然变得随处可见，许多博客、评论和讨论都开始谈及这个话题，带着精彩的洞见和愤怒。我觉得从 2014 年 5 月开始这个词开始进入了日常对话中，这有助于人们识别并谴责这个现象的种种形式。这有助于带来变化。词语事关重大。

罪行，不论大小

那个在 2014 年 5 月 23 日杀死了他的 6 个同学，并且在自杀之前还试图杀死更多人的 22 岁男子，他把自己的不快乐归结为他人的失败而不是自己的，发誓要惩罚那些他认为拒绝了他的年轻女人。事实上，在最终爆发之前，他已经屡次通过情节轻微的暴力行为来"惩罚"女人。在他冗长可悲的咆哮式自传中，凶手这样回忆他大学生活的第一个星期：

> 我在公交车站看到两个火辣的金发女孩。我当时穿着一件很不错的衬衣，所以我就冲她们微笑了一下。她们看了我一眼，但是竟然不屑于对我回以微笑。她们接着就望向别处了，就好像我是一个傻子。我盛怒之下来了个急转弯，在她们的站台前停下车，把我的星巴克拿铁泼到了她们身上。看着咖啡弄脏了她们的牛仔裤我有一种怨恨的满足感。她们怎么敢这样无视我！她们怎么敢如此侮辱我！我心中的怒火一再地燃烧。她们活该受到我给她们的惩罚。我的拿铁不够热没能烫伤她们真是太遗憾了。她们没有给我我应

得的关注和爱慕，因为这样的罪行这两个女孩活该被
扔进滚烫的热水里！

　　家庭暴力，男式说教，强奸文化，性特权意识，这些
语言工具帮助我们重新定义女人每一天面对的世界，帮助
我们寻找开始改变这个世界的道路。

　　19 世纪的地质学家、美国地质调查局局长克拉伦
斯·金（Clarence King）和 20 世纪的生物学家都使用"间
断平衡"（punctuated equilibrium）一词来描述这样一种演
化模式：缓慢平静的相对静止期和激烈的变化期交替出
现。女权主义的历史就是这样间断平衡的历史。在意外事
件的压力之下，我们关于我们所生存世界的本质的讨论突
然跟跄前行。正是在这样的时刻，我们可以改变故事。

　　我们正处在这样的危机时刻，因为被拷问的不只是一
个可悲的杀人犯，而是我们生存其中的结构本身。伊斯拉
维斯塔的那个星期五，平衡被打破了，就像地震释放地壳
板块之间的张力一样，性别的领域也发生了一点点转移。
它们发生转移不是因为那场屠杀，而是因为数百万人聚在
一起参与到这个巨大的交流网络中来，分享经历、重新思
考意义和定义，并达成新的理解。在加州各地举办的纪念
仪式中，人们举起蜡烛。在这场虚拟的对话中，人们举起

的是观点、词语和故事，它们同样照亮黑暗。也许这次改变能够增长，能够持久，能够起到作用，能够成为对受害者永久的纪念。

六年前，当我坐在桌前写下《男人向我解释事情》这篇文章时，让我吃惊的是：虽然文章以一件表现男人居高临下态度的荒唐事例开篇，却以强奸和谋杀结束。我们倾向于认为暴力和权力滥用可以被归入一系列无懈可击的严谨的范畴：骚扰、威胁、恐吓、殴打、强奸、谋杀。但我现在意识到我想说的是——滑坡效应（a slippery slope）。这就是为什么我们必须着手应对这个灾难性的滑坡，而不是把厌女症的种种形式分门别类、分别对待。后一种方式如同盲人摸象，只看到部分看不到整体。

如果一个男人的行为准则是你无权说话、无权定义正在发生的事情，那么这可以是在餐桌前和会议上打断你的发言，也可以是告诉你让你闭嘴，或者在你开口说话的时候威胁你，或者因为你发声而殴打你，或者为了让你永远沉默而杀了你。他可以是你的丈夫、你的父亲、你的老板或编辑，还有可能是会议上或火车上的陌生人，也可以是一个你从没见过的人为了另一个女人而愤怒但是觉得"女人"是一个足够小的类别因此你完全可以代替"她"。总之，他来是为了告诉你，你没有任何权利。

　　威胁之后经常就是行动，因此在网络上收到强奸和死亡威胁的人无法不认真对待，而允许这些行为的网站和执法人员对此却往往视而不见，轻易姑息。相当多的女性在离开她们的男友或丈夫后被杀害，因为他们认为自己拥有她们，她们没有自决的权利。

　　虽然这一切十分压抑，但最近一段时间女权主义唤起的力量让我倍感振奋。目睹阿曼达·赫斯（Amanda Hess）、杰西卡·瓦伦提（Jessica Valenti）、索拉雅·芝马利（Soraya Chemaly）、劳里·佩妮、阿曼达·马科特（Amanda Marcotte）、詹妮弗·波茨纳和其他年轻的女权主义者在罗杰①的屠杀暴行之后的那个周末纷纷采取行动，这十分激动人心，而 #YesAllWomen 标签的突然流行让人惊讶。很多发表深思熟虑观点的男性也让人备受鼓舞，越来越多的男人开始积极参与讨论，而不是做一个"不是所有男人"的旁观者。

　　你会看到曾经被认为太过激进的想法和观点现在在主流媒体中盛放。你会看到我们的论点和构造世界的全新方法在取得进展，收获支持。也许我们不过是对这一切厌倦到了无可忍受的地步：自 2012 年 12 月桑迪·胡克小学

———————————

① 艾略特·罗杰（Elliot Rodger）是伊斯拉维斯塔枪击案的凶手。

（Sandy Hook Elementary School）枪击案以来，已经发生了
超过40起学校枪击案，人们仍然在维护不加管制的枪支
政策。人们仍然在为大男子主义控制和复仇的幻想辩护，
为对女人的仇恨辩护。

如果你现在回顾贝蒂·弗里丹描述的"无名的问题"，
会发现我们现在所居住的世界和她的世界已经大为不同。
当时的女性拥有少得多的权利和小得多的声音。当时，认
为"男女应该平等"是一种边缘化的立场，而今天在世界
的这个部分，认为"男女不应该平等"则是一种边缘化的
立场，而且法律总体来说在我们这边。这场斗争过去是、
将来也会是漫长、艰辛，有时候甚至是丑陋的，攻击女权
主义的反弹依然野蛮、强大、无处不在，但它不会获得胜
利。世界已经发生了深刻的变化，但仍然需要更多——就
在刚刚过去的这个为了哀悼、反省和交流的周末，你能看
到变化正在发生。

潘多拉的盒子与志愿警卫队

2014

人们时常这样讲述妇女权利和女权主义的历史，好像一个人要么应该已经实现了最后一个里程碑，要么已经失败了。世纪交替的时候，很多人好像在说女权主义已经失败了或者结束了。另一方面，在1970年代曾经有一个很棒的女权主义展览，叫做《你的五千年到头了》。这个标题是在戏仿那些对独裁者和专制政体的愤怒的呼喊："你的（随便填个数字）年到头了。"但是它也传达了很重要的一点。

女权主义力图改变的是一种非常古老、普遍的、深深根植于世界上诸多、也许是绝大多数文化中的东西，它存在于无数的机构和地球上的多数家庭中，存在于我们的头脑里，家庭是它开始和结束的地方。仅仅四五十年来就发生了这么巨大的改变，这是令人惊叹的。如果这些变化并非永久的、决定性的、不可逆的，并不是失败的标志。一个女人走在一条1000英里的路上，她才上路20分钟，就有人出来说因为她还有990英里的路没有走，所以永远也到不了。

这需要时间。虽然有里程碑，可是那么多人走在这条路上，每个人都有自己的节奏，有人后来才加入，有人试图阻止所有向前进的人，还有一小部分在后退，或者困惑到底该朝着什么方向走。即使在我们有生之年，我们后退、失败、继续、从头再来、迷失，有时突飞猛进，然后发现过去的我们并不知道自己追寻的是什么，但是一代又一代，我们在这些矛盾中摸索前进。

道路是一个太过简洁的比喻，易于想象，但是如果把改变和革新的历史想成一条线性的轨道，就好像你能够把南非、瑞典、巴基斯坦和巴西描述成步调一致的结伴同行，这个比喻就是误导性的。我喜欢的另外一个比喻，表达的不是进步，而是不可逆转的改变：潘多拉的盒子，或者，如果你喜欢的话，《一千零一夜》中封存镇尼 ① 的魔瓶。人们讲述潘多拉的神话时，通常强调的是打开罐子的女人危险的好奇心——没错，神给她的其实是个罐子而不是盒子，因此所有的邪恶被释放到世间。

有时重点则是留在罐子里的东西：希望。但现在我觉得最有趣的是，就像阿拉伯故事中的镇尼，也就是强大的精灵，潘多拉释放的那些东西永远无法再回到瓶中。亚当

---

① 镇尼 (Genies)，也有译为精灵、巨灵，是伊斯兰教对于超自然存在的统称，由安拉用无烟之火所造，有善有恶。

和夏娃吃了知识之树的苹果，他们就再也回不到无知的状态。（有些古代文化感激夏娃，因为她让我们成为完整的有自我意识的人）没有回头路。1973 年美国最高法院通过罗诉韦德案（Roe v. Wade）将堕胎合法化，或者说，认可女人拥有对自己身体的隐私权，因此宣布禁止堕胎的法律违宪。现在，你可以废除女人的生育权，但无法轻易废除"女人拥有某些不可剥夺的权利"这个观念。

有意思的是，罗诉韦德案中的大法官引用了宪法第十四条修正案来为这种权利辩护。这一修正案是在 1868 年南北战争结束后，为确保先前是奴隶的人群的权利和自由而通过的。所以你看，废奴运动——女性参与和女权主义影响也是其中很重要的一部分——最终带来了第十四修正案，一个世纪后，这条修正案又令女性受惠。"鸡雏总会回到栖息处"，这句话本来是说诅咒他人，反而应验到自己身上。但有时候，回家的鸟儿是礼物。或者，也许每个人的解放总是环环相扣的。

跳出盒子思考

观念永远不会重回罐子或盒子里。而革命，首先由观念构成。你可以限制生育权，就像大多数州的保守派已经做的那样，但你无法让大多数女人相信，她们不应该拥有控制自己身体的权利。实际的变化跟随在心灵和思想的变化之后。有时，法律上、政治上、经济上和生态上的变化会紧随其后，但并非总是如此，因为权力属于谁很重要。因此，比如说，民调中大多数美国人想要的经济政策和我们实际实行的大相径庭，大多数人也比现在的决策者和控制决策的大公司更愿意看到以更彻底的手段应对气候变化。

但在社会领域中，想象力也有强大的权力。产生这种变化最引人注目的领域是同性恋和跨性别人群的权利。仅仅不到半个世纪前，严格的异性恋者以外的任何人都会被当作要么罪犯，要么被当做精神病，或者二者皆是，并会遭受严重的处罚。法律非但不能为他们提供保护，反而成为对他们进行迫害和边缘化的基础。而今天，同性婚姻的权利和其他权利正在赢下美国的一个又一个州，一个又一个国家。

这些了不起的成就经常被归之于立法政策的变化，或者某些推动立法改变的具体的游说活动。但是它们的背后是一种想象力的变革，使那种被称为恐同症的无知、恐惧和仇恨走向衰落。美国的恐同症正处在这样一种稳定的衰退中。现在，它更多地影响老年人而非年轻人，因此逐渐走向消亡。这种衰落由文化催化，由无数跳出盒子——出柜，公开做自己——的酷儿人群推广蔓延。就在我写这些的时候，南加州一所中学刚刚选出一对年轻的女同伴侣做返校日皇后，两名同性恋男孩则在纽约的一所中学被选为最可爱的一对。这或许只是中学生们微不足道的比谁更受欢迎的竞赛，可是仅仅在不远的过去就完全不可想象。

有必要指出（我已经在《赞美威胁》一文中提到），婚姻能够延伸到相同性别的人身上，这种观念能够成为可能，正是因为女权主义者打破了婚姻所处的等级体制，将其重新定义为平等者之间的关系。很多事情表明，那些因为婚姻平权运动感到威胁的人，既为同性伴侣之间的平等所威胁，也为异性伴侣之间的平等所威胁。解放是会传染的，说起鸡雏总会返巢。

恐同症，正如厌女症一样，仍然十分可怕，只不过可能没有 1970 年时那么可怕了。如何承认进步而又不沾沾自喜，这是个精细的工作。它需要我们抱有希望，保持动力，专注于前方的目标，这是行动主义对我们所有人的要求。说"一切很好"或者"永远不会变得更好"都是停滞不前的借口，会让任何一丁点儿的前进变得不可能。两种态度都暗示着没有出路，或者即使有你也找不到它。你可以的。我们已经在路上了。

我们还有很长的路要走，但是回头看看已经走了多远也是一种鼓励。家庭暴力曾经不为人知、不受处罚，直到几十年前女权主义者们英勇地揭发了这种暴力，并与之斗争。现在，虽然家暴在所有的报警案例中比例甚高，很多地方的后续应对都仍然草草了事。但是"一个丈夫有权打他的妻子"和"打老婆是家庭私事"这样的观念已经一去不复返。精灵不会再回到瓶中。而这，正是革命的要义所在。革命首先是观念的革命。

出色的无政府主义思想家大卫·格雷伯（David Graeber）最近写道：

什么是革命？我们曾经以为我们知道。以为革命就是人民的力量夺取政权，致力于从本质上改变这个国家的政治、社会和经济体制，通常是依据某种关于公正社会的美好梦想。而现在，在我们所生活的时代，如果反叛军真的扫荡城市，或者民众起义推翻了一个独裁者，却不大可能会得出这样的结论。当深刻的社会变革真的发生时——比如说，女权主义的兴起——它可能采取一种完全不同的形式。并不是说革命的梦想不复存在，但是当代的革命派很少会认为他们可以通过某种现代版的攻占巴士底狱来实现梦想。在这样的时刻，回顾我们早已熟知的历史通常是有用的：革命真的一直是我们以为它是的那样吗？

　　格雷伯认为它不是——革命不是在一个特定的政权中夺取权力，而是一种断裂。在断裂中诞生新的想法和制度，影响力逐步蔓延。如他所言："1917 年的俄国革命是一场世界革命，最终影响的不只是苏联共产主义，还有罗斯福新政和欧洲福利国家。"这意味着，俄国革命导致的全是灾难这个常见假定可以被推翻了。他继续写道："这个系列的最后一个，是 1968 年的世界革命，正如 1848 年一样，这场革命在世界各地扩散，从中国到墨西哥，从未在任何地方夺取政权，却改变了一切。那场革命针对的是国家官僚制，倡导的是个人与政治解放的不可分离，而它最持久的遗产可能就是现代女权主义的诞生。"

志愿警卫队

　　所以，猫跳出了袋子，精灵出了魔瓶，潘多拉的盒子已经打开。不可能再回头。但是仍然有很多力量试图把我们推回去或者至少阻止我们。在我最低落的时候，我甚至觉得女人不得不在这两件事之间选择：一边是因为不再从属而受到惩罚，一边是继续接受从属的惩罚。虽然观念不会回到盒子里，仍然有一股强大的力量将女人推回"她们的地方"，或者说是厌女人士认为我们属于的地方，沉默与无权之地。

20多年前，苏珊·法鲁迪（Susan Faludi）出版了一本意义重大的书，叫做《反冲：针对美国女人的不宣而战》（*Backlash*：*The Undeclared War Against American Women*）。书中描述了当时女人面对的两难境地：社会祝贺她们得到了完全的解放和赋权，却又通过一系列的文章、报告和书籍告诉她们，在解放的过程中，她们变得很可怜。她们变得不完整，错过机会，失去，孤独，绝望。这是祝贺之外的惩罚。"这种绝望公告牌随处可见——在书报亭，在电视上，广告里，医生的办公室，还有学术期刊中……"法鲁迪写道，"美国女人如何能够在应当非常幸运的同时又如此麻烦缠身？"

法鲁迪的部分答案是，虽然美国女人在获得平等的道路上并没有像很多人想象的那么成功，但是她们也没有很多人声称的那样痛苦。这些文章是一种反弹，一种企图阻止那些正在前进的人的尝试。

这些关于女人如何可悲、如何失败的故事到今天也没有消失。2012年末，《N+1》在线杂志的社评专门针对《大西洋月刊》最近发表的一波关于女性的反弹文章：

这些文章说，听好了女士们。我们在这里和你们说话的方式是受限的、贬低的。每个女作者都讲述了一种"现代女人"面临的特定困境，并且提供她们自己的人生作为案例研究……这些女人描述的问题各式各样，但是观点是相同的：传统的性别关系大体上注定会延续，真正进步的社会变革是一项已经失败的事业。《大西洋月刊》像一位好朋友一样温柔地告诉女人们，她们可以不必再假装自己是女权主义了。

一个志愿警卫队正在试图让女人留在她们"该待的地方"，或者把她们重新推回去。网络世界中那些持续发声的女性往往会面对数不胜数的匿名强奸和死亡威胁——比如说，参与网络游戏或者在争议事件中发表观点的女性，还有最近呼吁在英国纸币中加入女性头像的那位女士（这件事是特例，因为那些威胁她的人被查到并且起诉了）。作家凯特琳·莫兰（Caitlin Moran）曾经在推特发文说："那些说'拉黑不就行了，为什么要抱怨呢'的人，在喷子特别活跃的时候，一个小时内我能收到50条暴力/强奸私信。"

也许现在这场战争已经成熟，不是两性之间的战争——因为区分并非如此简单，既有保守派女性，也有男性进步人士——而是在性别角色之间。毫无疑问，女权主义和女性在继续前进，而这一点会威胁到、激怒某些人。那些强奸和死亡威胁正是一种明目张胆的反动回应，而法鲁迪和《N+1》引用的那些文章则是一种看似合宜的回应，告诉女人们我们是谁，我们能追求什么，不能追求什么。

漫不经心的性别主义总是在试图限制我们：《华尔街日报》的一篇社评指责独自抚养孩子的母亲，扔出了"女性野心"（female careerism）这个词。《沙龙》网站的作者阿曼达·马考特（Amanda Marcotte）注意到："顺便说一下，你如果在谷歌搜索'女性野心'，谷歌会给你一堆链接。但是你如果搜'男性野心'，谷歌会问，你是不是指'男性职业'甚至'马勒职业'①。'职业野心'——一种不择手段要飞黄腾达的病态追求，显然是一种只会影响到女人的痛点。"

然后，还有所有那些八卦报纸不断巡查女明星的身体和私人生活，一刻不停地挑错：太胖了，太瘦了，太性感了，不够性感，太单身了，还没生育，错过了生育机会，生育了但是对孩子照顾不周——永远假定一个人的人生目标不是成为伟大的演员、歌手、探险家，或者为自由发声，而是成为一个妻子和母亲。回到盒子里去吧，女明星们。（时尚杂志和妇女杂志也会花费很多篇幅告诉你如何追求那些目标，以及如何欣赏你那些和目标有关的缺点。）

---

① 此处这句话的意思是，人们很少会用"male careerism"（男性野心）为关键词去进行搜索，导致相关结果太少，所以搜索引擎给出的搜索建议是"male career"（男性职业）或者"mahle career"（马勒职业）。

　　法鲁迪在她 1991 年的杰作中总结道："但是最终，虽然反冲纠结了那么多势力，女人从未真正投降。"保守派现在主要在和后卫部队作斗争。他们试图重新组建一个从未按照他们想象的那样真实存在过的世界（即使这个世界存在过，也是以所有人——包括绝大多数的我们——的被迫消失为代价。她们被关进柜子、厨房、隔离空间、隐形和沉默中）。

　　多亏了人口结构的变化，保守派的反扑并不会成功——美国将不再是一个白人人口为主的国家——以及因为精灵不会重回瓶中，酷儿人群也不会重回柜子里，女人不会投降。这是场战争，但我不信我们会输，即使我们并不会在短时间内获胜。毋宁说，有些战斗取得了胜利，有些战斗正在进行，有些女人过得很精彩，有些却还在受苦。事情的发展方向将会是有趣的，甚或是有利的。

男人想要什么？

　　女人是永恒的主题 / 臣民 ①，就像是一种隶属状态，驯服状态，甚至附庸国。相对而言，很少有文章谈论男人是否快乐，或者他们的婚姻为何也会失败，他们的身体有多

————

① 原文中使用的是 eternal subject，subject 有主题和臣服者的双关含义。

么美妙或糟糕，即便是电影明星的身体。他们犯下更多的罪行，尤其是暴力犯罪，他们也是自杀者中的大多数。美国男人在接受大学教育方面落后于女人，在目前的经济衰退中更是如此，这让人觉得他们也该是有趣的探讨主题。

我觉得，未来某种我们也许不再称之为女权主义的思潮将会对男人有更深刻的探讨。女权主义过去和现在追求的都是改变整个人类世界，许多男性也已经参与进来。但是女权主义如何令男性也受益，现状如何令男性也受害，这些都需要更多思考。同样需要探讨的是滥用暴力、威胁、仇恨的那些男人——自愿警卫队里的防暴小组——以及鼓励他们的文化。或者，这个探讨已经开始了。

2012年年底，有两件强奸案在全世界范围内得到了前所未有的关注：德里公交车轮奸谋杀案和斯托本维尔高校强奸案，后者的凶手和受害者都是青少年。在我记忆中，那是女性受到的日常暴力第一次被严肃对待，就像私刑、欺凌同性恋和其他形式的仇恨犯罪一样：被当作一种社会无法容忍、必须正视的普遍现象的例证，而不只是个人恩怨。在那之前，由于反常的施暴者，所谓"自然无法控制的冲动"，以及受害者的行为举动，强奸总是被描绘成孤立的个案，而不是一种有着文化根源的模式。

这场对话已经改变了。"强奸文化"一词开始被广泛使用。它的意涵是在个案背后有一种更广泛的文化，两者必须都得到应对——而且能够得到应对。最早是1970年代的女权主义者使用这个词，但是种种证据表明，使它成为一个主流概念的是2011年开始的"荡妇游行"（Slutwalks），即抗议对受害者的责难和羞辱。

一名多伦多警察在一所大学的安全讲话中告诉女生"不要穿得像荡妇"。很快，荡妇游行成为一种国际现象，参与者以穿着性感的年轻女性为主，她们要重新夺回公共空间（就像是1980年代的"重新夺回夜晚"[Take back the night]游行一样，不过她们抹的口红颜色更重、穿的衣服更少）。年轻的女权主义者尤其激动人心：聪明，勇敢，有趣的权利捍卫者和空间争取者——还是对话的改变者。

那个警察的"荡妇"言论和大学里长久以来宣传重点如出一辙，它们总是在告诉女生如何把自己安全地封闭起来——不要去那儿，不要做那个——而不是告诉男生不要强奸：这就是强奸文化的一部分。但是一场主要由女大学生组织的全国性运动已经展开，她们中的很多还是校园性侵的幸存者，意图迫使学校改变他们处理校园性侵的方式。类似的运动也已经在性侵层出不穷的军队里展开，并且成功地带来了政策改变和法律正义。

新的女权主义在以新的方式揭露问题，也许正因为太多事已经改变，这些新方式才成为可能。一项关于亚洲强奸文化的研究对强奸的普遍性得出了令人担忧的结论，但也介绍了"性权利"一词来解释这为何发生。报告的作者艾玛·福鲁（Emma Fulu）写道："他们认为他们有权利和女人发生性关系，不管她们是否合意。"换句话说，她没有任何权利。他们从哪儿学到这些的呢？

正如玛丽·希尔（Marie Sheer）在1986年所言，女权主义就是"这样一种激进的理念：女人是人"。这种理念尚未被所有人接受，但是在逐步扩散。对话在改变，而且有越来越多的男人参与到女权主义的事业中来，这些都令人深受鼓舞。历史上也一直都有男性支持者。1848年，第一次妇女权利大会在纽约塞内卡福尔斯召开时，100名代表在以《独立宣言》为模板拟定的宣言上签字，其中32名代表是男性。仍然，人们曾认为这只是女人的问题。厌女，就像种族主义，只靠受害者的努力永远是不够的。越来越多的男人开始理解女权主义并参与到很多重要议题中来，这让人充满希望。他们知道，女权主义不是剥削男人的阴谋，而是一场解放我们所有人的运动。

我们也需要从别的东西中解放出来：也许，某个赞美竞争、残酷、短期利益和强硬的个人主义的体系，某个服务于环境破坏和无限消费的体系——你可以称之为资本主义。当它摧毁地球上最好的事物时，表现出的是一种大男子主义的最坏形式。男人更适应这样的体制，但它并没有真的为我们服务。让我们看一下萨帕塔革命，其广泛的运动纲领包含了女权主义和环境、经济、原住民及其他视角。这也许就是女权主义的未来：不只是女权主义。或者，这就是女权主义的现在：萨帕塔运动兴起于1994年，就像其他无数的运动一样，至今仍在进行中。这些运动都在重新想象我们是谁，我们想要什么，我们可以如何生活。

2007年底我参加了一次萨帕塔集会，到场的女性们分享了动人的故事，关于她们的革命如何令她们在家中和社区中获得权利，她们的生活如何因此而改变。"我们那时没有任何权利。"其中一位谈到反抗前的时代。另一位说："最悲哀的部分是，我们那时无法理解我们的困境，无法理解我们为什么被虐待。没有人告诉我们我们的权利。"

这儿就是那条路，也许有1000英里长，也许走在路上的女人还没有走到一英里。我不知道她还要走多远，但是我知道她无论如何不会后退——而且，她不是一个人。也许路上有无数的男人、女人和有着更多样性别的人们。

这儿是潘多拉手里的盒子，放出精灵的魔瓶；它们现在看起来就像是监狱和棺材。人会在战争中死去，但观念永不消逝。

致　谢

想要感谢的人太多。比如我的好朋友和支持者 Marina Sitrin，《男人向我解释事情》就是在她的鼓励下写的，而且部分是为了她的妹妹 Sam Sitrin。还有 Sallie Shatz，就是她带我去了科罗拉多那个奇怪的派对，一切的开始。许多老一辈女权主义者，包括 Linda Lippard，Linda Connor，Meridel Rubenstein，Ellen Manchester，Harmony Hammond，MaLin Wilson Powell，Pame Kingfisher，Carrie 和 Mary Dann，Pauline Estevels，和 May Stevens，还有更年轻的一代——Christina Gerhardt，Sanaura Taylor，Astra Taylor，Ana Teresa Fernandez，Elena Acevedo Dalcourt 和其他的很多人，与她们的友谊都令我受益良多，她们关于性别政治的激烈思考让我对未来充满希望。同样让我充满希望的还有生活中和媒体上的许多男人，他们现在已经适应了这些议题，也开始参与发声。

但是我也许应该从我的母亲开始。《Ms.》一经面世她就订阅了这份杂志，并且持续订阅了很多年。我觉得这份杂志帮了她的忙，虽然她在之后的整整 40 年里一直在顺从与反抗的日常冲突中挣扎。那时我是一个会如饥似渴地阅读《女士家庭期刊》(*Ladies' Home Journal*)、《女人圈》(*Women's Circle*) 和其他所有手边读物的孩子，那份新杂志成了我的阅读大餐中的新美味，也是一个能够帮我重新思考家庭内外种种现状的得力工具。这并没有让一个 1970 年代的女孩过得更容易，但至少能让她更容易理解为什么。

我的女权主义的兴趣增长又消退，但是在我快要成年的时候，对我打击很大的是女人缺乏足够的自由在城市中穿行这件事。那时，我在我居住的城市环境中经常受到攻击，但几乎没有任何人会把这当成一个民权问题、一场危机或一种愤怒，而只是把它当成我应该乘出租车或者上武术课的理由，或者劝我去哪里都带上男人（或武器），或者打扮成男人，或者搬去郊区。我并没有按照任何一种建议行动，但是确实对这件事思考至深。(《最长的战争》对我来说是第三次访问女人和公共空间的暴力领地。)

女人的工作很像蓝领工作和农业劳动，常常是不可见、不被认可的，一种让世界正常运行的工作——伟大的女权主义艺术家 Mierle Laderman Ukeles 在她的《维护艺术宣言》中称之为维护工作。文化的运作在很大程度上也是如此，虽然我所有的书和文章上都只有我署名，背后安静的力量来自好的编辑，他们有时让这些作品成为可能，有时让它们更好。我的编辑 Tom Engelhardt 也是我的朋友和合作者，自从我在 2003 年给他发了一份并非约稿的文章，之后的 10 年里他一直为我的大部分写作敞开大门。他的"汤姆快讯"网站是志同道合者的天堂，一个规模很小但影响不凡的组织，在那里我不需要为了符合主流意见而写口是心非的东西。这本书中超过一半的内容都是为"汤姆快讯"而写，这一点已经很能说明问题。它就像是一个信箱，从那里我可以寄信给全世界（而且接收者也确实遍布全球，多亏了网站的惊人浏览量）。

本书收录的文章是我过去发表作品的修改版本。《最长的战争》以及其他最先发表在"汤姆快讯"网站的文章在网络版中有很多统计数字、轶事和引言的超链接。换成脚注的话会显得过于笨重，因此书里没有给出这些来源链接，但是有兴趣的读者可以参考网络版。

《男人向我解释事情》《最长的战争》《一个豪华套间里世界的碰撞》和《潘多拉的盒子与志愿警卫队》最先发表于"汤姆快讯"网站。

《赞美威胁》是我为《金融时报》写过的唯一一篇文章，发表于 2013 年 5 月 24 日，原标题为《比其他人更平等》。

《祖母蜘蛛》是为旧金山文学杂志《Zyzzyva》第100期而作。

关于伍尔夫的那篇文章最初是我在福坦莫大学举办的第19届弗吉尼亚·伍尔夫年度会议上的主题演讲。

关于作者

丽贝卡·索尔尼特（Rebecca Solnit）是一位作家、历史学家和活动家。她已经出版的十五部著作涉及环境、风景、社区、艺术、政治、希望和记忆，包括《黑暗中的希望：未讲述的历史，狂野的可能性》《这么远，那么近》《地狱天堂：从灾难中崛起的非凡社区》《迷路指南》《漫游癖：行走的历史》《阴影之河：埃德沃德·迈布里奇与科技旧西部》（此书获得了古根海姆学者奖、全美书评人协会奖最佳批评类作品奖和蓝南文学奖）。从幼儿园到研究生院，她一直受教于加利福尼亚公立教育系统。她还是《哈泼斯杂志》的特约编辑和政论网站"汤姆快讯"的长期撰稿人。

题词

　　献给祖母们、平等主义者们、梦想家、善于理解的男人、持续前行的年轻女性、开启道路的年长女性、没有终点的对话和一个能让艾拉① (Ella Nachimovitz) 全面绽放的世界。

---

① 作者的侄女，作者曾为其改写《白雪公主》的结局。